As pequenas chances

Natalia Timerman

As pequenas chances

todavia

Para Gabriela Timerman
Para Martha Penna

História familiar e história coletiva são uma única coisa

Annie Ernaux

Primeira parte

I

Demoro alguns segundos para entender de onde aquele rosto me é familiar, em um contexto tão diferente, o aeroporto, e já passados tantos anos de quando o havia visto pela última vez, no hospital, um dia antes da morte do meu pai. Devo ter sorrido; ele também sorri e se aproxima de mim um pouco mais, um tanto mudado, mas só depois penso que ele me reconheceu mais rápido, o que é estranho, ou deveria ser, pois os médicos têm milhares de pacientes, e os pacientes e seus familiares, apenas um médico em cada situação. Ainda que meu pai fosse médico e eu também; durante aqueles dias, éramos pacientes, ou melhor, meu pai era o paciente do dr. Felipe, médico de cuidados paliativos, e eu, apenas a filha de um homem com uma doença terminal.

É claro que ele não se lembra do meu nome, penso, postada diante dele na fila do café, surpresa com aquele encontro; penso em dizê-lo eu mesma, evitando algum constrangimento, se é que seria constrangedor um médico se esquecer do nome da filha do seu paciente tantos anos depois. Mas não digo nada; sorrio de volta — ou antes, ou ao mesmo tempo —, um sorriso triste, porque esse encontro, essa presença, remete de imediato àqueles dias, já passados faz tanto tempo, mas a morte não passa, ela continua, continua, continua.

O contato com o dr. Felipe nas últimas semanas de vida do meu pai foi tão constante que, nos dias seguintes à sua morte, tive diversas vezes o ímpeto de ligar para ele de novo, como se seu paciente ainda existisse, ou como se falar com o médico pudesse fazer que o paciente continuasse ou voltasse a existir, resolvesse o engano, porque no início (e até hoje, em alguns momentos, quando olho com atenção alguma foto do meu pai, seu rosto tão conhecido, o gesto congelado na imagem, que poderia do lado de fora da foto continuar a se mover, falar, viver) tive a forte impressão de que aquilo era algum tipo de equívoco — morrer, meu pai morrer, palavras que não combinam, que até hoje tenho dificuldade de ver juntas.

Ou como se o dr. Felipe pudesse agora cuidar não da dor do meu pai, que já não existia, mas da minha, da minha dor de não haver mais a dor e a vida do meu pai. Alô, Felipe (eu o chamava pelo nome, nunca consegui chamá-lo de doutor, talvez porque eu mesma odeie ser chamada de doutora), aqui é a Natalia, filha do Artur, bom dia, tudo bem?; então, Felipe, o Artur já não existe, mas eu ainda existo, você poderia me ajudar?; aliás, por acaso ainda sou filha dele?; como é ser filha de alguém que já não está?; não sinto dor, ou melhor, sinto muita, mas não aquela dor insuportável que meu pai sentiu nos últimos meses, aquela para a qual você prescreveu morfina e pregabalina e doses impensáveis de dipirona e depois, como nada disso adiantasse, patches de fentanil; não, minha dor é outra, também insuportável, mas vem em ondas, e, quando vem, é como se me estrangulasse, tirasse meu prumo, e tomo consciência da aberração do meu corpo, de ter um corpo, em um mundo no qual meu pai não existe mais, e percebo meus braços vazios, que o calor do abraço do meu pai já não está, nunca mais estará, e meus braços pendem, murchos, levando meus ombros para baixo, e minha cabeça olha para o chão, onde alguns dias atrás enterramos meu pai, eu ajudei a enterrá-lo, joguei três pás de terra por sobre seu caixão e depois finquei a pá na terra revolvida para que outra pessoa a tomasse e cumprisse o mesmo ritual, como manda o judaísmo, e eu, que nunca fui judia, quer dizer, que desde a adolescência ignorei a religião da minha família, me vi de repente cumprindo cada ritual com um alívio impensável alguns meses antes, como se tudo que eu quisesse ou precisasse naquele momento fosse que simplesmente me dissessem como me portar ou o que fazer, que me dessem uma lista de tarefas para existir.

Meu pai morreu num sábado de manhã, às 9h43, no Shabat. E então fomos para casa enquanto o corpo dele ficava na morgue do hospital, esperando ser levado para o cemitério na manhã do dia seguinte, pois durante o Shabat se deve descansar, esta é uma das leis máximas do judaísmo: não fazer esforços, não dirigir carros, não velar corpos ou transportar caixões.

Foi um dia estranho. Meu pai havia morrido, e cada coisa continuava no lugar. Na rua, na praça cheia de árvores na frente de casa, onde os meninos brincam, tudo permanecia do mesmo jeito, se movimentando, as árvores, os pássaros, os barulhos, os carros no asfalto, tudo igual, mas havia um silêncio por trás das coisas. A morte é um silêncio, atrás de cada som há esse silêncio, o telefone que nunca mais vai tocar, sua voz calada, nunca mais a singela mensagem Na/ Posso ligar?, e eu nunca mais vou poder ligar direto em vez de responder que sim, pode, pai, porque você não pode mais ligar, eu não posso mais falar com você, e no entanto, tudo como se continuasse.

Gabi veio para minha casa. Minha irmã é engenheira naval, uma profissão que precisa de mar para ser exercida, e há muitos anos não mora mais em São Paulo. Ela sempre ficava na casa do nosso pai quando estava na cidade, mas agora não, agora não mais, não há mais casa do nosso pai, aliás, ainda havia, naquele dia, mas sem nosso pai, que é o mesmo que não haver mais casa dele. Minha irmã passou o dia deitada em silêncio, mal comeu, mal bebeu, mal podia andar.

Ao sairmos do hospital, deixando para trás o corpo, pegamos suas malas. Gabi tinha vindo direto de viagem e, desde que chegara, não arredara pé do quarto do nosso pai, que número era?, já não me lembro, nem em que andar, décimo, sexto? Ela não tinha forças para carregar as malas, ela quase não tinha forças para carregar a si mesma.

Tinha sido assim no enterro e na cerimônia um pouco antes. Minha irmã não conseguia ficar de pé. Alguém veio me perguntar se ela havia tomado algum remédio, já não lembro quem, algum amigo dela. Não havia, simplesmente a força se esvaíra do seu corpo. Ao lado do meu pai até o último instante — Gabi estava com ele quando o coração parou de bater; foi ela quem, de pé junto do leito, enquanto uma enfermeira lhe dava banho, percebeu que ele havia parado de respirar —, ao lado do meu pai ela estava firme. E nos telefonou com uma voz doce, calma, papai descansou, mas assim que saímos de perto dele, assim que nos pediram que levássemos todas as coisas do quarto do hospital pois viriam retirar o corpo, ela desmoronou.

Gabi também cumpriu os rituais judaicos. Não sei quanto ao meu irmão; ela e eu, tudo que nos orientavam a seguir, seguíamos. E aquilo fazia sentido, pela primeira vez me senti amparada pela religião, não por Deus, mas pelos meus antepassados, que conheciam a dor que eu sentia e haviam inventado rituais que tentavam acolhê-la, amenizá-la, circunscrevê-la. O mero fato de que havia regras para a Shivá, a primeira semana de luto, que se inicia depois do enterro, parecia me dizer que a dor, por mais excruciante que fosse, por mais que bagunçasse o sentido de tudo, era conhecida e, de alguma forma, natural.

Foi necessário segurar minha irmã pelo braço para que ela conseguisse ficar de pé diante do rabino, na pequena reza antes do enterro. Havia tanta gente no espaço que o caixão do meu pai ficou no salão de rezas (era uma sinagoga? Não sei, essas horas passadas no cemitério estão todas um pouco borradas), e não nas salinhas do cemitério judaico destinadas aos velórios. Ficamos sentados nas cadeiras da frente — minha irmã, eu, meu irmão, a mulher do meu pai, a filha dela. Um terrível privilégio, esse lugar da frente: bem diante da dor, o lugar da dor. Gabi ficou sentada quase o tempo todo; eu me levantava, ia beber água, sentia uma sede terrível, pegava água para minha irmã, ou alguém aparecia com um copo cheio para cada uma, e eu andava para lá e para cá, perdida.

Eu recebia abraços e, tonta de um cansaço antigo, descobria só depois de separados os troncos quem havia abraçado. Às vezes os rostos eram desconhecidos, mas os abraços me pareciam bons, quentes, um lugar onde eu queria simplesmente dormir. Ou via o rosto de alguém que me lembrava de uma época da minha vida, da vida do meu pai, o cara com quem ele trabalhou durante toda a minha infância, mais magro, muito mais velho, menor que a imagem que eu tinha dele, e então, ao abraçá-lo, chorava de novo, e mais, enquanto o sentia triste, porém rijo, como se estivesse me segurando e amparando meu choro.

Havia quem começasse a chorar já ao me ver, algumas amigas que gostavam muito do meu pai e que misturavam seu choro ao meu quando nos abraçávamos. Esses eram os melhores abraços, eu me sentia um pouco fora de mim, como se parte minha estivesse com elas, e isso me proporcionava algum tipo de alívio, elas sentindo no meu lugar, me oferecendo um descanso do insuportável.

Havia também os abraços protocolares. Não eram ruins; cumpriam seu papel, e cumprir papéis preenche espaços vazios, em geral um pouco estranhos, tanto mais naquela situação.

Havia quem abraçasse demais, não sei por quê, e isso não tinha a ver com a intimidade prévia nem com algum critério, se pudessem existir critérios de abraço; eram abraços que pediam mais do que davam, e naquela hora eu simplesmente não tinha nada a oferecer.

Havia quem me abraçasse com os olhos, de longe, por não conseguir se aproximar muito, seja pela falta de espaço, seja porque não houvesse caminho. Havia tantas partes da minha vida ali, no enterro do meu pai, na presença de tanta gente e do tempo espalhado naquelas pessoas, mas aquilo era um absurdo, havia algo que não se encaixava, tantos amigos de épocas diferentes da vida do meu pai, seria tão óbvio que justo ele estivesse ali, mas não: aquilo estava acontecendo justo porque ele não estava mais.

2

Ari, o mais velho dos cinco filhos de Jacó e Feyga (mais conhecida como Fani) — dos quais Artur, meu pai, era o terceiro —, veio me perguntar se eu queria discursar na cerimônia. Algum dos familiares próximos teria de dizer algo sobre o morto, fazer um pequeno discurso sobre a vida e as ações de quem morreu, da mesma forma que o patriarca Abraão fez pela esposa Sara, vim a saber bem depois. Percebi que não, eu não queria falar nada, mas disse que sim, pois é o que meu pai faria. Meu pai falaria. Não me lembro da ordem da cerimônia, não me lembro exatamente do que eu disse para as pessoas que lotavam o recinto sentadas e em pé — nunca vi um enterro tão cheio, comentou o rabino, talvez tentando nos consolar de alguma maneira; lembro-me, já de pé, diante de todo mundo, de respirar fundo algumas vezes e ser invadida pela sensação de que não conseguiria; de que, se abrisse a boca, só poderia ser para chorar. Mas então meus irmãos, ambos, se levantaram ao mesmo tempo — Gabi se ergueu sozinha nesse momento — e se postaram um de cada lado meu, sem dizer nada, sem que isso tivesse sido combinado. Assim, com eles junto a mim, foi possível falar. Eu disse algo como: se meu pai pudesse escolher qualquer coisa, escolheria a vida dele, a própria vida que ele tinha levado, enquanto escutava os narizes fungando no salão.

O enterro e a cerimônia que o antecede são um teatro. Eu sabia que as pessoas me observavam, observavam a mim, meu irmão e minha irmã chorando, observavam a companheira do meu pai atônita, e isso me dava certa sensação de farsa, a dor que eu comunicava não era a mesma que eu sentia, há um abismo entre ambas, mas as cerimônias são um teatro necessário, pois por trás delas não há nada, é isto a morte, nada, e isso não é possível suportar.

3

Não há assunto que podemos falar que não passe pelo meu pai; quase não há assunto, na verdade. Estamos no aeroporto, sozinhos, cada um provavelmente rumo a um destino, e talvez seja até fácil enveredar para uma conversa típica nessas situações, fática, um encontro na fila do café, para onde você vai, por quanto tempo, fazer o quê, mas não consigo, estou diante da pessoa que acompanhou um dos momentos decisivos da minha vida, o mais importante até agora, e as amenidades me parecem então um desperdício. Sou a próxima da fila, e seguro a alça da minha mala de rodinhas vermelha (que havia sido do meu pai); ele está ao lado da sua pequena mala preta também de puxar, segurando na mão algo que deve ser o cartão de embarque. Seu voo demora?, ele pergunta. Natalia, né?

Ou ele tem muito boa memória (do que não duvido), ou as semanas durante as quais assistiu meu pai foram marcantes também para ele (do que também não duvido). Quando escrevi comunicando que Artur havia morrido, o dr. Felipe respondeu que, apesar do pouco tempo, tinha sido um privilégio cuidar dele. É possível, provável, talvez, que ele diga isso para cada familiar, sem que nenhuma vez seja mentira; é provável também que eu esteja romantizando, os médicos sempre têm coisas específicas para dizer aos seus pacientes, o que não significa que sejam mais especiais que os outros. Seja por qual motivo for, me percebo envaidecida ao constatar que o dr. Felipe se lembrou do meu nome depois de quatro anos. Outro médico, o hematologista, bem mais durão, que acompanhou meu pai durante o transplante de medula, disse, no decorrer dos dias em que ele esteve no quarto de isolamento (desse eu me lembro: ficava no décimo andar, foram muitas, muitas visitas), que o Artur era "o mestre da atitude". Haja atitude para suportar, com alguma serenidade, o isolamento pós-transplante, a diarreia, todo o incômodo, a ansiedade brutal para saber se a medula havia "pegado"; se ele sobreviveria.

Os pacientes do meu pai também diziam, no enterro, que eram privilegiados por o terem conhecido. "Não é certo um paciente enterrar seu médico", escutei de uma mulher que me contou ser paciente muito antiga. O que é certo?, pensei. É certo, pelas leis da natureza, uma filha enterrar um pai, mas por que eu não conseguia sentir que era certo meu pai morrer?

4

O caixão fechado, como em todos os enterros judaicos, estava um pouco à direita do salão. O rabino orientou que nós, os familiares de primeiro grau, nos postássemos de pé enquanto ia, com uma tesoura, fazendo na nossa roupa um pequeno corte, que tínhamos de aumentar continuando a rasgar o tecido com nossas próprias mãos.

Fui aprendendo um pouco do significado dos rituais fúnebres judaicos ao longo da semana de luto; a roupa rasgada vem do gesto ancestral de desespero de Jacó, personagem bíblico que rasgou as próprias vestes ao ver o tecido ensanguentado da túnica que cobria seu filho José, e significa também o desapego material, a renúncia à vaidade, pois essa roupa rasgada precisa ser usada todos os dias da semana, até o fim da Shivá. Os muito religiosos usam a roupa a semana toda, o tempo inteiro; minha irmã, meu irmão, meus tios a vestiam só durante as rezas e a tiravam em casa, ou se tinham compromisso em algum lugar. Eu, não. Não era por motivos exatamente religiosos; eu só não queria tirar aquela camiseta rasgada, fazia algum sentido que eu estivesse com ela. Um sentido que me escapava, me ultrapassava, mas que parecia justificar, sem que eu entendesse precisamente como, aquele tecido em contato com meu corpo. Mais sujo a cada dia: meu filho derramou suco de melancia em cima de mim, limpou a boca na minha roupa, e eu suava, então a camiseta preta tinha cada vez mais manchas. Mesmo assim, eu não queria tirá-la até que terminasse a Shivá;

e aí a roupa tem de ser jogada fora, não pode ser lavada nem costurada para ser usada de novo.

Talvez a sabedoria ancestral queira, com esse ritual — rasgar a roupa e depois jogá-la fora —, reiterar que é também no plano material que o luto acontece, prenunciar o que sentiremos ao lidar com os objetos que ficam depois que alguém morre. Uma cena ficou muito marcada para mim, mais até que o próprio enterro: saindo do cemitério, fomos em seguida à casa do meu pai — Gabi, eu e Eder, meu companheiro, pai do meu filho mais novo. Fui sozinha ao quarto do Artur, me sentei na cama onde uma semana atrás ele dormia a maior parte dos seus dias, quando não estava trabalhando (ele trabalhou até a semana antes de morrer) ou gemendo de dor. Na cabeceira, os livros que ele ainda leria, na mesma posição em que os deixara. Hesitei em tirá-los do lugar, como se aquela ordem ainda fosse um pouco do meu pai, e alterá-la, perdê-lo um pouco mais. Minha mão enfim se sobrepôs ao breque do meu ímpeto e pegou um dos livros, depois outro, e outro. O que ele estava lendo quando morreu, e nunca vai terminar. A página marcada. Tenho esse livro em casa ainda, marcado na mesma página, com o mesmo marcador, as páginas um pouco sujas de sangue de algum procedimento do hospital. Meu pai começou a lê-lo na nossa última viagem juntos, sua última viagem de ano-novo, três meses antes de morrer, e como sempre leu muito rápido, nessa viagem eu às vezes olhava em que página ele estava e comparava com o ritmo de leitura do livro que eu estava lendo. Ele sempre ficava na frente, eu me esforçava para alcançá-lo, e agora, com o livro que meu pai nunca vai terminar nas mãos, senti uma culpa arrebatadora por ter de alguma forma competido com ele.

Na pilha que ficava no vão da mesa de cabeceira, encontrei dois livros que eu tinha dado a ele, *Rastros no massapê* e *Manual da faxineira*. Havia outro *Manual da faxineira* na estante da sala; ele não me disse que já tinha o livro quando o presenteei no Dia dos Pais, apenas sorriu, agradeceu, e depois, imagino, guardou o exemplar repetido junto com os que ainda pretendia ler. *Rastros no massapê* eu havia comprado na noite de lançamento, e João Luiz Azevedo, o autor, que fora meu professor de cirurgia nas cadeiras básicas da faculdade de medicina, fizera uma dedicatória. Eu sabia que João tinha sido operado recentemente de um tumor; contei, na noite de autógrafos, que meu pai também estava em tratamento. Na dedicatória, sentada na cama do meu pai no dia do seu enterro, eu li: "Ao Artur, com carinho e a certeza de que em breve estaremos tomando um vinho". Cerca de um mês depois do meu pai, o João também morreu.

Tomamos vinho no almoço depois do enterro. O melhor vinho que havia na casa, foi Martha quem escolheu. Não fazia sentido algum continuar guardando os melhores vinhos. Até quando? Até que o próximo de nós morresse e percebêssemos de novo a falta de sentido de tudo, de guardar os melhores vinhos para ocasiões especiais, do tempo, das coisas? As coisas do meu pai continuavam ali, inúteis. Os remédios dele no banheiro. A escova de dentes, disposta por ele exatamente ali antes de ir para o hospital. Os próprios livros. A dolorosa inutilidade dos objetos. As coisas dele, tristes e silenciosas; e por extensão, as minhas. Toda a tralha existencial revelando sua inutilidade, sua ridícula permanência.

Entre *Manual da faxineira* e *Rastros no massapê*, encontrei meu próprio livro, o primeiro, que havia sido publicado dois anos antes. Eu já estava chorando quando o abri, e abaixo da dedicatória ("Ao Benjamín, meu filho, meu começo"), na letrinha trêmula e hesitante do meu filho, o nome dele, nome completo, em letra bastão, que meu pai deve ter, cheio de orgulho, sabe-se lá quando, o observado escrever.

5

Do hospital, pedi a Eder que cobrisse os espelhos de casa.

Antecipei que seria muito estranho que os dispositivos onde eu habitualmente via a mim mesma, todos os dias, estivessem barrados da minha própria visão. Este é outro dos rituais judaicos para a primeira semana de luto: cobrir os espelhos para não ter a própria imagem ao alcance dos olhos. Mas não: o sentimento de perda é tão intenso e tão mais estranho que uma estranheza outra na casa, física, concreta, toalhas e lençóis cobrindo os espelhos, parece indicar apenas que as coisas todas, em presença da morte, não estão nos seus lugares habituais. Aprendi que os motivos religiosos para esse ritual são também, como a roupa rasgada, a renúncia à vaidade, e o fato de que, no judaísmo, é proibido rezar diante do espelho. A Shivá é uma semana de reza, ou de introspecção, mesmo quando não se está rezando. Acho bonito, isto: a reza, que seria o contato consigo através de Deus ou com Deus através de si mesmo, não pode passar pela própria imagem. Ficar alguns dias sem olhar no espelho é, paradoxalmente, ao fazer cessar o contato com o próprio rosto, aumentar o contato consigo. Gabi e eu seguimos à risca essa regra do luto judaico: olhávamos para baixo ao entrar no elevador, lembrávamos uma à outra de não mirar nosso reflexo ao entrar no banheiro da sinagoga, evitávamos nossa imagem no vidro do carro.

De tirar os sapatos dentro de casa, eu sempre me esquecia. No luto judaico, dentro de casa se anda de meia; acho que por isso sempre andávamos descalços em casa durante a infância, raramente de meias. Alguém deve ter dito algo sobre o assunto algum dia, e aquilo ficou marcado como uma superstição, como sapato virado. Mas, se há alguns anos eu já me sentia à vontade para usar meias dentro de casa, tendo vencido a superstição, agora para mim isso é absolutamente normal. O luto cessa; o luto judaico termina em um ano. Mas há algo do luto que não passa nunca. O ter-sido daquele tempo de dor é uma marca perene, tanto quanto a ausência de quem se foi. Perdi o medo do luto e dos seus rituais.

Assim aconteceu também com o Kadish. Quando eu era criança e ia a um acampamento judaico no qual se rezava todos os dias pela manhã, lembro-me vagamente de que pulávamos o Kadish, a reza judaica dos enlutados, pois o luto não cabia ali, naqueles dias de alegria. Ou, se não o pulávamos oficialmente, eu mesma o fazia: tapava os ouvidos, pensava em outra coisa, forçava-me a não escutar aqueles sons entoados pela dor da morte, como se pudessem chamar a própria morte, e isso não só no acampamento, mas ao longo de toda a infância e começo da adolescência, até quando frequentei sinagogas, às quais já não ia havia vários anos antes da morte do meu pai.

Agora, não. Depois da Shivá, em que se deve comparecer às rezas de manhã e à noite todos os sete dias que se seguem à morte, em que me levantei para escutar o Kadish, pois a enlutada era eu, em que procurei no livro de rezas a tradução para aquelas palavras — não encontrei nos livros, mas na internet, que elas não significavam nada de mais, nem sequer mencionavam a morte, mas, segundo o rabino contou em uma das rezas, eram as únicas em aramaico, a língua popular vigente quando o Talmude, livro sagrado do judaísmo, foi escrito, uma língua mais informal que o hebraico para que todos tivessem acesso ao significado da morte; depois, então, de escutar aqueles mesmos sons várias vezes em cada reza (Kadish pequeno, e todos se levantavam; Kadish grande, e a reza estava perto do fim), fui me afeiçoando a eles como a uma música de ninar, como a uma música ancestral que pudesse, de alguma forma, comungando-me com a dor que veio antes de mim, me oferecer amparo.

E eu, que sempre fui contra ortodoxias e fundamentalismos, me vi grata àqueles homens de preto, barba imensa e chapéu, por serem o repositório de uma tradição. Percebi que os ortodoxos, tanto da religião judaica quanto de qualquer religião, têm a função de preservar uma sabedoria ancestral, configurar-se como um centro de conhecimento do qual quem vem depois pode se aproximar e selecionar o quanto quiser.

Não voltei a frequentar sinagogas depois da morte do meu pai, mas, se tento, consigo com facilidade entoar o Kadish na minha cabeça, imaginar o movimento de vaivém do tronco do chazán, o cantor da sinagoga, evocar o timbre que se fez familiar na semana em que — outra sabedoria da religião — os amigos e os parentes nos fizeram companhia duas vezes por dia para que não nos isolássemos na nossa dor. Meu irmão, minha irmã, eu, agora órfãos.

Nós que, ao longo dos sete dias da Shivá, nos sentamos na sinagoga enquanto, na bênção aos enlutados, todos ao redor se levantavam. Todos, de pé, proferiam em hebraico palavras cujo significado me escapava por completo, mas que mesmo assim — eu sentia, sentada ao lado dos meus irmãos — nos confortavam.

6

Ainda não consigo conceber o mundo sem meu pai. O mundo continuou, claro, eu continuei vivendo depois da morte dele, mas até hoje, passados quatro anos, a dor de vez em quando me estrangula, ainda me assusto de repente com que ele já não esteja entre nós. Como assim, meu pai morreu?

A morte me diz que foi pouco, embora tenha sido tanto; a morte me diz que eu quase não filmei meu pai, a voz dele, seus gestos. A morte me diz que tirei da câmera do celular o modo "live" para economizar memória (economizar memória), e então perdi segundos de movimento, perdi gestos dele que poderiam estar completos em imagens e pequenos filmes.

A morte me diz que não há mais abraço de pai, que nunca mais haverá; a morte é a morte do cheiro, nunca mais, da presença, do tempo. A morte sussurra o não, minha insuficiência; embora tenha sido tanto, foi tão pouco, pai. É sempre tão pouco perto do nunca mais. E nunca mais é tanto tempo.

A morte, aprende-se com o luto, abre e fecha a verdadeira dimensão do tempo. Ou com o luto não se aprende nada.

7

Quando chegamos do enterro à casa do meu pai, lá havia ovos cozidos, pão, sucos e bolachas. Uma amiga da minha prima Silvia, que é judia ortodoxa, havia preparado tudo aquilo para nós; não sei nem o nome dessa pessoa, que comprou o que seria necessário para cumprir o ritual para a especificidade daquele momento e mais suprimentos para a semana. Fiquei impressionada com o fato de que uma desconhecida gastasse seu dinheiro e seu tempo para ajudar pessoas em luto só porque também eram judias; ela também mandou gravações de áudio explicando passo a passo o que, segundo a religião, deveríamos fazer.

Tínhamos de dizer uma reza, ou brachá, que a desconhecida também imprimira em algumas cópias e arrumara em suportes de acrílico, para que deixássemos à vista ao longo da semana (já que teríamos de repeti-la várias vezes ao dia). Em cada uma das folhas, as palavras: *Lelui Nishmat Shlomo Alter ben Itzhak Yacof*, que significam elevação da alma de Shlomo Alter filho de Itzhak Yacof, nome do meu pai em hebraico. Depois comíamos o ovo cozido seguido do pão. Não sei qual o significado por trás desses alimentos, mas eu os engoli com voracidade, estava faminta. Minha irmã disse que não tinha fome, mas também comeu, num gesto apático. Em seguida, cumprindo cada passo do que a desconhecida nos orientou nos áudios, fizemos o que se chama de "sentar a Shivá": sentamo-nos no chão — minha irmã, eu, o Eder e a Fernanda, nossa prima —, conversamos um pouco, falamos do meu pai, da estranheza daquilo tudo e, depois, estava oficialmente iniciada a primeira semana de luto.

Achei bastante sábio da parte dos meus ancestrais que houvesse regras a ser seguidas ao se chegar em casa do enterro de alguém tão próximo. Também achei sagaz que os porta-retratos com fotos do meu pai tivessem de permanecer virados para baixo durante a Shivá. Não só os porta-retratos. Nessa semana, não se deve olhar fotos de quem morreu, dizem, para que sua alma se eleve. Pelo mesmo motivo, como escutei na prédica do rabino em uma das rezas, durante o ano inteiro de luto não se pode pedir à alma do morto que interceda por quem ficou. É necessário cortar o cordão umbilical, disse o rabino, e isso é um disfarce da religião para que, sem culpa, o enlutado possa seguir a própria vida: a elevação da alma de quem morreu é o subterfúgio para isso, sem o qual tocar em frente seria, de alguma forma, cometer o crime de esquecer.

8

Peço um café, pago, abro a carteira para devolver o cartão ao seu lugar. A imagem de dois sacos plásticos me vem de súbito à mente, daqueles de pastas escolares, transparentes, com furos nas laterais. Fazia algumas semanas que nosso pai havia morrido, e Martha deu ao meu irmão Simon uma caixa cheia de documentos e papéis para que ele, que se incumbiu de toda a burocracia (e é muita), a organizasse e lhe desse o devido destino. Minha carteira de vacinação, a caderneta da maternidade em que nasci — descobri que o médico que me assistiu nos primeiros dias de vida foi o pediatra ao qual levei meu filho algumas vezes —, os primeiros boletins escolares com a assinatura da minha mãe a cada bimestre, minha certidão de nascimento: tudo isso agora me pertencia, tinha sido desprovido do seu guardião original. Eu agora era dona dos meus documentos, não havia mais quem cuidasse deles para mim. Dentro de um plástico com um post-it com meu nome, eles já não estão ao lado dos boletins e certidões dos meus irmãos, dentro de uma gaveta recôndita no armário do meu pai.

Eu poderia perguntar ao dr. Felipe até quando se pode chorar depois que alguém morre. Em silêncio, olho para baixo procurando o cartão que escapou dos meus dedos. Ele o alcança e não evita meus olhos úmidos.

9

Morrer não deveria ser um verbo. Morrer é o oposto do verbo. Ao morrer, findam-se as conjugações. O tempo verbal. O tempo.

10

Seguro a bandeja com uma das mãos, equilibrando-a, enquanto com a outra puxo a alça da mala vermelha. O aeroporto está surpreendentemente cheio, ou sou eu que estou acostumada a viajar apenas nas férias escolares e me esqueço de que para muita gente viajar é trabalho. Só há uma mesa livre, ao fundo; viro o pescoço um pouco constrangida, buscando o dr. Felipe, sem querer deixá-lo de pé, ao mesmo tempo desejando e querendo evitar uma conversa. Talvez só por educação, ele aceita o convite de se sentar comigo. Vamos andando devagar, equilibrando cada um sua bandeja, o médico de cuidados paliativos do meu pai e eu, abrindo caminho entre as mesas, e me percebo antecipando um diálogo, com vontade de perguntar, se ele se lembrar, do que tanto conversaram, meu pai e ele, sozinhos no quarto em que ele morreu, em uma das tardes da última semana de vida dele.

Uma garota loira de blusão cinza e cara de estrangeira arrasta a cadeira para a frente para que consigamos nos sentar. E eu pergunto, em vez disso, para onde ele está viajando.

Para um congresso, ele diz, monossilábico, como se adivinhasse que não era aquela a pergunta que eu queria fazer. Vislumbro, atrás do dr. Felipe, um estande de comida japonesa, o que me embrulha imediatamente o estômago. Lembro-me do sentimento de absurdo que me invadiu ao perceber que nunca mais poderia perguntar ao meu pai onde ficava mesmo o restaurante de comida coreana que ele queria tanto conhecer.

Onde estava guardado tudo isso no meu cérebro, que parece agora uma comporta aberta?

Nunca mais. O nunca mais está o tempo todo à espreita. Nunca mais vou me sentar aqui diante do dr. Felipe — situação que eu jamais poderia antecipar, percebendo agora que o "jamais" pode ser quebrado pela realidade, mas o "nunca mais", não. Nunca mais serão seis e quarenta e três do dia de hoje, nunca mais essa configuração dos astros, a combinação aparentemente aleatória de fatos e forças que converge para o agora. O tempo se fecha sempre, todos os dias, a cada instante em que uma escolha é feita em detrimentos de todas as outras. A morte é quando não há mais nenhuma a se fazer.

II

Desde que soubemos que o tumor tinha voltado, e que agora já não havia mais chances de cura, pensei em procurar um médico de cuidados paliativos. No início um pensamento estreito, que vinha entre os vagões de esperança em que embarcávamos todos, menos Martha, que escutava os gemidos de madrugada e sabia melhor que ninguém o que estava acontecendo. Mas até ela de vez em quando entrava em um desses vagões. Nos últimos dois meses do meu pai, conversamos muito, ela e eu. Eu fazia visitas quase diárias à casa deles, mas em boa parte do tempo ele estava dormindo. Ou eu tentava visitá-lo mas ele não estava, mantinha-se ocupado, trabalhando (ia de andador até o consultório, o consultório que Martha havia montado para ele ali mesmo no Conjunto Nacional, onde eles moravam, mas em outro bloco; ela simplesmente dera um consultório de presente a ele quando, terminada uma das fases do tratamento, achávamos que estava curado). Num desses dias, ele estava dormindo, e nos sentamos na sala de TV quando Martha me contou que, em um lapso, propôs a ele que viajassem no Carnaval; ao que meu pai respondeu, docemente: melhor não, vamos ficar por aqui mesmo.

No sábado de Carnaval, meu pai morreu.

12

A morte é abstrata mas dói em detalhes concretos, e essas duas instâncias, a concreta e a abstrata, nunca se encontram, daí a estranheza.

13

Mesmo que eu pensasse em um médico de cuidados paliativos, tinha esperança de que ele nos fosse útil por muito tempo. Mas quanto é muito tempo? Anos? Meses? Meses são pouco tempo, pouquíssimo. Semanas. Dias.

Quando falei com Artur sobre isso, ele disse: vamos esperar a consulta com o hematologista, ver o que ele ainda tem a me oferecer. Mas, pai, um médico de cuidados paliativos não significa morte. Significa apenas mais qualidade de vida no tempo que você tiver. Ele não me respondia, virava de lado na cama, gemia mais um pouco, e então adormecia. Meu pai tinha esperança. Ele não queria morrer. Quero ver meus netos crescerem, dizia.

Eu o observava dormindo, sempre do mesmo lado, a dor não o permitia se virar (abriu-se uma escara por conta disso), a pele fina, quebradiça, a respiração profunda, curta e espaçada.

Ele sempre disse que preferia morrer a viver sem dignidade. Mas, no final da vida, oscilou muito entre a tristeza pela proximidade da morte e a aceitação. Os netos. Os filmes. Dizia que queria parar todos os tratamentos se não houvesse alternativa, o que vejo como um apropriar-se do último poder de decisão, mas ele nunca quis parar todos os tratamentos, foram os tratamentos que deixaram de existir para ele.

Martha e eu estávamos com meu pai na última consulta com o hematologista, a que ele esperava que lhe desse alguma alternativa. Ele adormeceu sentado na sala de espera. Despertou quando o chamaram para a consulta.

Meu pai nesse momento lacrimejava sem parar; não chorava, mas dos seus olhos não paravam de sair lágrimas mecânicas. Sentado no consultório, ele segurava na mão um lenço amarrotado de papel-toalha de algum banheiro, um papel rígido, que devia incomodar sua pele já tão frágil. Eu tinha um pacote de lenços de papel na bolsa; entreguei a ele, que tirou um lenço e me devolveu.

Esse pacote de lenços, velho, sujo, do qual meu pai tirou uma folha na sua última consulta no Centro Paulista de Oncologia, onde fez todo o seu tratamento, ainda está na minha bolsa. Não consigo tirá-lo de lá, mesmo passados quatro anos. Uso a mesma bolsa há dez anos, e em quase a metade deles trago dentro dela o pacote de plástico amarrotado com lenços imundos, impossíveis de ser utilizados. Por isso o deixo no mesmo lugar e saio em busca de um guardanapo na mesa vizinha para enxugar os olhos diante do dr. Felipe; o dr. Felipe, cujo telefone anotamos naquela consulta com o hematologista. Martha disse — diante do hematologista e da sua assistente Paula, de quem meu pai gostava tanto — que ele tomava doses altíssimas de morfina, e que tanto remédio o baqueava, mas não fazia cessar a dor. O olhar do meu pai, eu me lembro, depois de três ou quatro comprimidos de Dimorf, era estranho, apagado, distante.

A opção era procurar o médico de cuidados paliativos, ou seja, já não havia mais tratamento curativo, e embora já soubéssemos disso fazia mais de um mês (quando descobrimos a volta do tumor), para meu pai, que saiu chorando da sala lágrimas de verdade por cima das fisiológicas, aquilo foi um golpe enorme.

14

A morte é abstrata porque nunca vivemos o tempo todo na presença de alguém. A ausência das pessoas faz parte da vida, sempre se dá, cotidianamente; nada indica que seja definitiva dessa vez. A pessoa estava longe porque ia trabalhar, viajava, ficava na sua casa ou dormia. Tudo está mais ou menos no mesmo lugar, vive-se na mesma cidade, a mesma rotina, então a consciência repentina e aleatória que nos assalta de tempos em tempos, de que a ausência agora é definitiva, causa também algum tipo de culpa, como se, ao nos depararmos com o definitivo da morte, a estivéssemos provocando de novo.

15

A última consulta do meu pai antes da sua internação final foi a do dr. Felipe. Uma visita domiciliar: meu pai, o dr. Felipe, Martha e eu nos sentamos na salinha de TV da casa; minha irmã, do Rio de Janeiro, fez uma ligação de vídeo e meu pai, a pedido do dr. Felipe, começou a falar. Contou dos passos do tratamento até então, das medicações para dor que não faziam efeito, da dificuldade de comer (meu pai, que amava comer, nas últimas semanas não tinha nenhum apetite), e que as idas ao cinema estavam cada vez mais difíceis. Da última vez, tiveram de sair antes do fim do filme: a morfina que estava no seu bolso não bastou para que chegassem ao término da sessão.

O dr. Felipe o escutou, propôs a troca de analgésico para um patch de fentanil, que na mesma hora eu desci à farmácia para comprar, e propôs algumas outras mudanças de medicação e orientação alimentar. Todos estávamos esperançosos depois dessa consulta: ele não disse nada sobre tempo de vida, mas percebemos que havia entendido o quanto meu pai amava sua vida e o quanto era importante que ele a vivesse o mais próximo de como sempre tinha sido, até o fim.

16

O café do hospital era como esse do aeroporto. Cafés de aeroportos, de hospitais: há algo de excessivamente impessoal neles, o que de alguma maneira acaba sendo o que me atrai. Lugares de passagem. Tenho o costume de me sentar sempre na mesma mesa nos restaurantes e cafés que frequento, como se estivesse constantemente em busca de um tempo que já se foi. Mas em hospitais e aeroportos isso não faz sentido.

Dou o último gole no café já frio e olho para Felipe sentado à minha frente: o último médico do médico que foi meu pai. Tão jovem, Felipe era. Ainda é: sempre será mais novo que eu, até o momento em que eu morra e minha idade pare, se eu morrer antes dele. Tomei consciência dessa obviedade a partir da morte do meu pai. A idade atrelada ao tempo.

Ficamos em silêncio alguns instantes, não tínhamos um campo de assuntos em comum.

O tempo.

Quando meu pai estava doente, e com maior intensidade nos últimos dois meses de vida, quando eu ia marcar uma consulta para algum paciente, pensava: será que em um, dois, três meses meu pai ainda vai estar conosco?

Desmarquei todos os atendimentos na semana depois da sua morte, como parte do cumprimento dos rituais judaicos, e porque eu não tinha forças ou coragem para atender. Sentia medo de voltar ao meu consultório, mesmo que meu pai nunca tivesse pisado lá. Medo, talvez, de perceber que as coisas continuavam, enfim, cada uma no seu lugar; medo e a percepção daquela traição, a de precisar e até querer seguir a vida. E depois, a cada data que escrevia no prontuário dos pacientes, eu pensava: mais um dia, mais um mês, mais um pouco longe da vida do meu pai. Não sei exatamente quando essa contagem progressiva se extinguiu.

Artur morreu no mês de março, o mês três. O mesmo em que nasceu — morreu dezoito dias antes de completar sessenta e seis anos. Quando começou o mês quatro, notei que, ao tentar escrever a data no prontuário dos pacientes, algo me fazia relutar: a caneta parecia que não ia ou, antes, eu custava um pouco mais a lembrar em que dia estava. Aí, depois de alguns segundos de hesitação, a memória vinha, dois de abril, três, quatro, e no fim do mês eu já não relutava tanto.

17

Esvaziar o consultório do meu pai foi mais difícil que terminar de tirar as coisas da sua casa, depois que Martha já havia se mudado. Fui com Jorge, porque Eder, naquela manhã, precisava trabalhar e não poderia ficar com ele; mas talvez eu tenha ido com Jorge para tê-lo ali comigo, alegre, bagunçando tudo.

A mesa dele. Lembrei-me da última vez que estive ali; sentei-me no lugar destinado aos pacientes enquanto ele falava com alguém ao telefone, usando uma camisa polo com listras grossas horizontais azuis e verdes e com o estetoscópio pendurado no pescoço. Tirei nesse dia uma foto sua, que procurei no celular agora que voltei e ele não estava mais.

Jorge brincava com um barquinho de madeira que enfeitava a sala de espera (que ele quebrou) enquanto eu abria as gavetas. Papéis. Os receituários com o nome dele. A caneta. A letra do meu pai.

Fiquei com os prontuários dos pacientes, que me procuravam depois e, ao pedir as anotações que Artur fizera ao longo dos anos (são quase ilegíveis, eu avisava), sempre me diziam palavras de consolo, ou de carinho, de saudade, dizendo que meu pai os acompanhava havia quinze, vinte, quase trinta anos (desde que eu tinha menos de dez e nem pensava ainda em ser médica).

Meu pai me encaminhara alguns pacientes que precisavam de avaliação e cuidados psiquiátricos, e vários deles me procuraram desolados depois da sua morte. Não sabia como responder sem desrespeitar minha própria dor de filha, apesar de entender que a intenção deles, ao me procurar, era das melhores.

Cerca de dois meses depois da morte de Artur, atendi um dos pacientes que tínhamos em comum. O receio se desfez assim que o vi: ele continuava igual, eu também, e o silêncio doloroso seguia por trás de tudo. Era assim, não havia o que temer, aquela dor eu já conhecia, mas eu sabia que o medo viria de novo, e de novo, e continuou vindo por muito tempo, pois há algo que fica, o luto não desgasta, apenas fica mais espaçado. O medo de sentir de novo a dor, que passa a cada vez que a sinto, enfim.

Esse paciente, Pedroso, que meu pai atendia fazia vinte e sete anos, me contou — depois de se desculpar por estar me contando aquelas coisas, ao que eu disse, por favor, não se desculpe, gosto muito de escutar histórias sobre meu pai — que estivera em consulta em novembro, logo após o transplante de medula, quando achávamos, todos, que ele estava curado. Disse que meu pai estava ótimo: feliz, sereno como sempre, e que, ao vê-lo assim, Pedroso não poderia imaginar o que aconteceria. Exceto por uma coisa, falou depois de uma pausa, durante a qual ele mesmo parecia ter se lembrado do que ia me dizer. Seu pai nunca fazia receitas a mais, nunca, em todos os anos em que me acompanhou. Naquele dia, eu já de pé, me encaminhando para a porta, ele pediu, a mão espalmada, que esperasse: leva mais uma receita. Isso foi completamente inédito, me contou Pedroso.

18

Fui eu, dos meus irmãos, quem ficou com o notebook do nosso pai. Vou usá-lo para escrever, eu disse a Simon e Gabi. Claro, fique com ele, os dois responderam na mesma hora.

Usei o computador por meses com a aba do GloboMail do meu pai aberta, 20 809 mensagens não lidas, que continuavam — propagandas, notificações do Facebook, avisos de inativação — chegando todos os dias. Sei desses detalhes porque escrevi sobre isso à mão, em um dos meus tantos cadernos.

No PowerPoint, o arquivo aberto não terminado Antibióticos Foz do Iguaçu, que ele nunca chegou a apresentar; a aba vizinha ao arquivo do GoogleDocs era: "Fosfomycin: Mechanisms and the Increasing Prevalence of Resistance", eu havia anotado.

Não tive coragem de fechar nada disso.

Os e-mails ficaram inacessíveis depois de algum tempo; tentei algumas senhas, nenhuma funcionou. Também o Facebook. Foram morrendo pouco a pouco esses prolongamentos da vida do Artur.

O próprio notebook também parou de funcionar; precisei levá-lo à assistência técnica e, quando o liguei de novo, a aba Antibióticos Foz do Iguaçu, com todas as outras, havia sumido.

19

Decido quebrar o silêncio que nós dois tentamos ocupar olhando em volta, apesar de Felipe não parecer incomodado com a ausência de palavras. Eu tampouco estou. Talvez por isto: porque tanto faz. Então me vi dizendo: tive vontade de te procurar depois, de te escrever, ligar, para falar do meu pai, para perguntar se minha dor era normal, para escutar sua voz e ser mais um jeito de me lembrar dele. Poderia ter ligado, ele diz sem sorrir. Fiquei com medo de te incomodar, ou de ser um pouco estranho. Não haveria problema algum. Você não teria sido a primeira nem seria a última. Agora ele olhava para mim, ainda sem sorrir, mas sem chegar a estar sério, apenas lidando com tudo aquilo naturalmente. Num gesto automático, virei de novo a xícara vazia na boca e esperei que caísse um resto de espuma de café. Nada veio. Olhei no relógio. Que horas você embarca?, ele perguntou. Daqui a pouco, tenho uns quinze minutos, mas fique à vontade, claro, se precisar sair.

Você tinha filhos, não tinha? Lembro-me vagamente que seu pai tinha netos, eram seus? Me conte deles, pediu quando acenei que sim com a cabeça. Como eles estão? Felipe agora sorria do outro lado da mesa.

20

Esvaziar o armário do meu pai. As camisetas, ainda com o cheiro dele; as desgastadas, de que ele mais gostava. Torrente de imagens junto com elas. Coleção quase completa de camisetas da Mostra de Cinema de São Paulo. Uma do Festival de Cannes; outra do de Toronto. Os shorts e bermudas, traje de sempre; Gabi quer todas, dobrar, enfiar na mala do que vai para a casa dela. O sapato ainda com etiqueta, tão bonito; o tênis com meia preta usada dentro. Meu pai não tinha chulé. As meias, as cuecas, as sungas; imagem do meu pai brincando com os netos na piscina. Os netos, o vovô Tutu. Os ternos e calças sociais, quase novos; casacos grossos, enormes de inverno, que nunca vi meu pai vestir. Malhas: uso raro, mais frequente nos últimos tempos, quando ele sentia frio por conta da quimioterapia. Lembrança dele e da Gabi de shorts e camiseta na neve por alguns instantes. Viagem para Nova York. Ele ainda casado com minha mãe, todos juntos, Gabi pedindo autógrafos para estranhos no saguão do hotel em troca de chocolates Kit Kat, que ainda não existiam no Brasil. Rimos muito. Sorrio agora. Gravatas, apenas três. Um suspensório. Simon quer os suspensórios e os chapéus. Separar. Chaves não identificadas. De que serão? Pen drives. Gabi quer, Gabi vai ter coragem de plugar no computador e abrir, e mesmo que não tenha. Gabi. Roupas de ginástica. Shorts de bicicleta. Não consigo imaginar meu pai numa bicicleta. O relógio com monitor do coração para esportes. Os batimentos cardíacos do meu pai. Não.

Já não. Embaixo dessa pilha aqui, um envelope. Fleury. Abro. 2016. Cintilografia do coração. Por que meu pai guardou isso aqui? Imagino-o triste, preocupado com o coração, querendo esconder, deixando o exame sob as camisas polo. A camisa polo listrada na horizontal azul e verde, com a qual ele estava vestido na última vez em que o vi no consultório. As camisetas do Corinthians. A assinatura do Casagrande. Tudo isso para a mala da Gabi.

Os relógios. Para que tantos? Ou tantas roupas, já em caixas, depois de espalhadas com alguma organização pelo chão do quarto vazio, já sem a cama. Sete relógios parados. Eder fica com um. Os outros, com Simon. Para os meninos, quando crescerem. O tempo parado do pulso do meu pai.

21

Os meninos estão bem. Muito bem. Jorge ainda fala espontaneamente do avô. Você acha que ele se lembra mesmo, Felipe? Ele tinha pouco menos de dois anos quando Artur morreu. Há poucas fotos. Eu achei que eram muitas; são muito poucas. E quando filmava meu pai com os netos, a câmera sempre pendia para os netos.

Jorge sentiu a falta do avô desde o começo. Acho. Na primeira vez em que passamos perto da casa dele, Uouô, Uouô. Explicamos: o vovô virou estrelinha, agora está no nosso coração. E ele por um tempo sempre que escutava a palavra coração, dizia Uouô, e sempre que alguém falava vovô, apontava para o próprio "coação".

Na primeira semana do luto, acendemos uma vela de sete dias, conforme manda o judaísmo. "Vea, vea", Jorge disse. "Paens oe", batendo palminhas. Peguei-o no colo e o beijei e abracei forte. Ah. Quando a vela se apagou, no tempo certo, ele perguntou, na linguagenzinha dele, cadê a vela do vovô. Apagou, Jorge. Já foi.

Ele gargalha quando se vê nos vídeos com o vovô. Meu pai tinha umas brincadeiras muito engraçadas, que me lembro dele fazendo com a gente, comigo e com meus irmãos, quando éramos pequenos.

Quando já falava bem, Jorge disse que queria ser astronauta quando crescesse. Para encontrar o vovô. Depois, um dia, perguntou sem aviso prévio: mas como eu vou saber em qual estrela meu vô está? Vou precisar ir em todas, estrela, estrela, estrela, até descobrir?

Dia desses, falou que queria que o avô tivesse vivido até ele ter cinco anos. Respondi: o vovô queria muito isso também.

Benja viu o corpo do meu pai no hospital. Eu não sabia se ele poderia, se era o certo, mas ele pediu para subir conosco e eu deixei.

Quando minha irmã ligou, estávamos no metrô, diante da máquina de pôr créditos no bilhete único. Peguei o celular, o nome dela piscando no visor, e já sabia o que era. Ele tinha morrido.

Não há maneira de eu estar no metrô Vila Madalena, diante das máquinas de pôr crédito no bilhete único, e não me lembrar desse momento. O momento em que meu pai deixou de existir. O momento em que eu soube disso.

Seguimos o caminho até o hospital em silêncio no metrô. Eu chorava, eu não chorava, eu chorava. Era tão esperado, mas ainda assim tão estranho. O metrô correndo. Meu pai morreu. Benja sentou do meu lado e ficava me fazendo carinho. Eder, cuidando do Jorge, junto com Tadeu (o filho do Eder). Caminhamos de mãos dadas até o hospital: em um impulso, segurei a mão do Benja e do Tadeu, uma de cada lado.

E Benja quis subir. No quarto, o corpo do meu pai deitado, ele chorou. Eu o abracei. Depois de um tempo, pedi ao Eder que levasse os meninos.

Ficamos no quarto, ao lado do corpo do meu pai, ainda por um tempo, até que a médica que fez o atestado de óbito chegasse. Sábado de manhã. Sábado de Carnaval, dia 2 de março. Meu pai estava de boca aberta. A pele amarelada, evidente talvez pelo sangue que tinha deixado de circular havia pouco. Não tive coragem de encostar em seu corpo. Mal conseguia olhá-lo. Uns relances, apenas. Avisávamos as pessoas pelo celular. Às vezes, alguém chorava. Cada um que entrava no quarto chorava.

Você não estava passando visita naquele sábado de Carnaval, eu disse ao dr. Felipe. Eu te avisei por mensagem que ele tinha morrido. O dr. Forte, chefe da sua equipe, passou poucos minutos depois da morte. Olhou para nós, comunicou seus sentimentos, se afastou plácido, ainda olhando, conforme saía, para o corpo imóvel estendido na cama. Lembro-me desse olhar. Um olhar de despedida, ainda que nunca houvessem se conhecido; ou talvez já tivessem se visto pelos corredores daquele ou de algum hospital, Artur como médico, ainda ali, vivo, tão ele.

Fui fazer xixi. No banheiro, o carrinho de banho da enfermagem, parado, a tina cheia d'água, os panos úmidos que a enfermeira passava pela pele do meu pai no momento em que ele deixou de respirar.

22

Voltar à rotina depois do luto, como se ele algum dia terminasse de fato, trouxe ambivalências uma atrás da outra. Medo e vontade simultâneas de voltar; culpa por essa vontade, por querer seguir em frente, medo de não conseguir, força por saber que é isso, afinal, que meu pai me diria para fazer.

Quando ele começou a piorar, passou a dormir muito por causa dos remédios e da própria doença. Uma manhã, Martha me escreveu dizendo que meu pai dormia desde o meio da tarde do dia anterior. Profundamente. Senti medo de que aquilo já fosse a iminência da morte; disse a Gabi que viesse para São Paulo. Fiquei, eu mesma, sem saber como prosseguir com o dia: se desmarcava meus pacientes e ia para a casa dele, se trabalhava e ia para lá depois, se desmarcava os primeiros e esperava para ver o que acontecia, ou se, ao contrário, ia para o consultório e, conforme fosse, tomava uma decisão.

Enquanto o tempo passava nessas ruminações, meu pai acordou, se vestiu, tomou café da manhã e foi trabalhar.

23

Meu pai prezava pela sua rotina; percebi há muito tempo que também sou assim. Até quando algum dos meninos precisa faltar à escola por qualquer motivo, eu me sinto mal, como se algo estivesse fora da ordem.

A possibilidade ou iminência da morte bagunça tudo. Nada do que li até hoje explicita isso melhor do que "Espere um instante", um conto de Lucia Berlin do livro *Manual da faxineira*, aquele mesmo que estava na cabeceira e na estante do meu pai.

Numa das tantas conversas que tive com Martha quando Artur estava muito mal, mostrei o conto a ela. Deixei marcada a página, mais para o fim do livro, no volume que retirei da estante (não o da cabeceira; eu ainda não sabia que havia dois diferentes). Martha mandou o conto para Paulinha, filha dela, mostrou para a irmã. Aquele livro rosa continuou na mesinha da sala de TV até a visita domiciliar do dr. Felipe; estava lá até depois da morte do meu pai; estava lá quando nos sentamos e iniciamos a Shivá.

A narradora de "Espere um instante", que sempre imagino ser a própria Lucia, acompanhou a irmã com câncer. E então fala do caos que passa a gerir tudo. De repente se está lendo a revista *People* na madrugada de um centro cirúrgico, ou fumando um cigarro numa escada fria de incêndio. Eu me pegava bisbilhotando o Instagram de atrizes que eu nem sequer tinha visto alguma vez na televisão (há anos não assisto à televisão), ou comendo torta de chocolate no meio da manhã, ou lendo sobre os lançamentos de filmes que eu não tinha a menor chance de ver.

E depois da morte, quando a rotina volta, a farsa que ela sempre foi já não é mais possível de esconder.

24

Era muito difícil dormir. Na verdade, eu adormecia, de um cansaço profundo, mas acordava poucas horas depois, e o medo que me tomava então me impedia de pegar no sono de novo. Medo da morte do meu pai, e no escuro esse medo virava terror, então passei a dormir com a Fofucha, a boneca hoje estropiada com a qual eu me agarrava nas noites da infância para me sentir acompanhada.

Ganhei a Fofucha quando tinha uns seis ou sete anos, antes de uma viagem longa dos meus pais. Dormi com ela até a adolescência, quando consegui dizer a mim mesma que bastava.

Antes da morte do Artur, comecei a tirá-la do armário todas as noites e guardá-la, por vergonha, de manhã, até que a vergonha cessou ou eu simplesmente deixei de ligar para ela, e a Fofucha, assim como na cama da minha infância, voltou a passar o dia deitada ao lado dos travesseiros.

Depois, demorei a voltar a dormir bem. O medo das madrugadas deu lugar ao susto que me assaltava de repente, como se tivesse acabado de saber da notícia, ou à tristeza, ou ao vazio. Ou eu dormia, e Jorge dava uma choradinha à noite, e mesmo que ele voltasse a pegar no sono logo, eu já não conseguia mais.

25

Escutei "Spending my Time", da Roxette, em uma rádio qualquer, no carro, algumas semanas depois da morte do Tuta. Comecei a chorar no mesmo instante, sem conseguir entender o caminho trilhado por aquele derramamento repentino a partir de uma música que nada tinha a ver com ele. Deixei-me chorar e fui compreendendo, seguindo o rastro das lágrimas, que eu chorava de saudade do tempo em que eu tinha onze anos de idade (meu pai já havia começado a acompanhar seu paciente Pedroso) e meus sonhos se resumiam às matinês. Queria ir ao show da Roxette e esses eram meus problemas, meu pai estar ou não vivo sequer chegava perto de ser uma questão.

26

Outro dia, voltando do trabalho de carro, me lembrei de que meu pai tinha falado de uma música em que estava viciado, qual era? Adriana Calcanhotto? Não, qual era?, quando foi? Procuro no nosso histórico de mensagens do WhatsApp. Os últimos registros são três chamadas não atendidas dele, nos dias 20, 23 e 25 de fevereiro, às 11h41, às 11h53 e às 20h10; depois, ele estava muito fraco ou confuso para digitar ou falar pelo telefone, e um pouco antes, todas as mensagens que trocávamos eram enviadas para o grupo "Notícias de cá", em que estávamos nós dois e minha irmã. Buscar: música, Calcanhotto, não, quem era mesmo? Paula Toller!, sim, aqui, achei as mensagens, 17 de agosto, 7h25, semanas antes do transplante de medula, "To viciado em ouvir Paula Toller" "Hahaha sério? Quem diria/ Que música?" "Ontem sonhei contigo" "O que? Ah! A música hahahahaha" "Que lindo é sonhar/ Sonhar não custa nada/ Só o tempo..." "Vou ouvir" "Beijo/Bom trabalho".

Procurei a música para ouvir e entendi que meu pai estava me consolando da falta dele.

27

As crianças, pelas leis do judaísmo, não vão ao cemitério. Nem as grávidas. Então, na Matzeivá, inauguração do túmulo, chegamos no mesmo carro apenas Eder, Gabi e eu. Chegamos cedo, como queríamos: não nos lembrávamos de qual era o local exato onde ele havia sido enterrado, queríamos procurar com calma, ir com nossos próprios pés, não escorados em pessoas, como fomos no dia seguinte à sua morte.

Encontramos a rua certa e as lembranças daquele dia foram voltando, bagunçadas, tristes, já cansadas. Mas hoje não havia tanta gente. Nem fazia tanto calor. Gabi quase desmaiou. Não hoje, antes. O cemitério judaico é bonito. De longe, avistamos Simon, sozinho, sentado diante do pano preto com a estrela de Davi, o pano estendido sobre o chão debaixo do qual está o corpo do nosso pai, dentro do caixão. Afasto a imagem do seu corpo se decompondo sempre que ela me vem à mente; procuro rápido um sorriso, a lembrança do calor do abraço. Se eu fechar os olhos, consigo me imaginar com a cabeça apoiada na grande barriga do meu pai, os braços em volta dele, os dele em volta de mim.

No caminho até onde Simon estava, fui lendo as inscrições tumulares dos — agora e para sempre — vizinhos do meu pai. A maioria nascida na primeira metade do século XX, na Europa. Por que vieram ao Brasil, justo o Brasil, de todos os países do mundo para os quais poderiam fugir? Sei que os vistos durante e depois da Segunda Guerra Mundial eram concedidos quase como em uma loteria. Qualquer lugar servia, qualquer lugar outro, para longe da perspectiva ou do cenário de morte. Mas e antes da guerra?

Fui andando devagar por cada uma daquelas pedras, o fim de cada uma daquelas histórias, agora espalhadas por aí através dos filhos, netos e feitos. A umas dez lápides da do meu pai, por coincidência, está a do melhor amigo do meu avô materno. De ambos os lados da dele, espaços vazios; um pouco mais para a direita, a lápide provisória de uma mulher (não é possível saber sua idade: até a inauguração do túmulo, no qual se inscrevem nascimento, morte e os dizeres escolhidos pela família, ficam visíveis, ao lado do nome em português e em hebraico, apenas o dia do óbito e o do sepultamento).

Nós nos sentamos diante do pano preto, ao lado do nosso irmão. Eder ficou de pé, um pouco mais distante.

A mulher enterrada à direita do meu pai havia falecido um mês e dois dias antes. Poucos minutos depois da nossa chegada, aproximou-se um senhor, andando com toda a rapidez que seu corpo lento permitia, sustentando os próprios passos em uma bengala. Na outra mão, trazia um vaso de flores brancas, que tentou colocar ao lado do túmulo da mulher. Ele largou a bengala na grama, mas não conseguia se abaixar. Quando percebi, Eder estava ao seu lado, ajudando-o a pôr o vaso no chão e a retirar o plástico que envolvia as flores.

Assistimos em silêncio ao silêncio daquele senhor diante do túmulo também recente.

Quando nossos parentes começaram a chegar para a reza, ele já havia ido embora.

28

Mas estou bem, digo a Felipe, sem planejar a conjunção adversativa, esperando que ele a entenda. Sim, estou vendo, ele diz com leveza. Para onde está indo?, ele pergunta. Para a Romênia. Meu filho mais velho está participando de uma olimpíada de matemática, Eder já está lá com os meninos desde o fim de semana. Olha, que bacana, Natalia. Sim. Já quase preciso ir... seu congresso é onde? Em Dallas. Também já está quase na minha hora. Ah, não dá tempo então. De quê?, ele pergunta. Acho que eu queria saber sobre uma conversa que você teve com meu pai no hospital. Mas talvez você nem se lembre mais. O mais provável, na verdade. Foram algumas conversas com ele. Na última semana? Sim. Ele já estava confuso. E minha memória confundiria mais ainda as coisas. Se eu te contar, tudo que você poderia imaginar dessa conversa vai ficar restrito ao que eu disser — que corre grande risco de não ser o que de fato se passou.

Olho para ele em silêncio. O cabelo preto, agora começando a tender ao prateado; os olhos pretos, pequenos, vivos. O rosto como sempre atento, uma atenção antiga em um rosto ainda jovem.

Tenho vontade de contar a ele uma culpa.

Ainda tem cinco minutos?

Ele acomoda de novo na cadeira o corpo, que fez menção de levantar.

Na nossa última viagem com ele, no último ano-novo do meu pai, desconfiamos da dor que ele sentia. Achamos que estava fazendo drama, exagerando, inventando para chamar a atenção. Tínhamos ido a Búzios para passar com a família da Martha a virada do ano: uma viagem para comemorar a cura depois do transplante de medula. Um pouco antes, ele já começara a sentir alguma dor; na viagem, foi piorando, piorando, e a gente conversava entre nós, quando ele não estava, concordando que era uma dor sem critérios, que havia claros indícios de que era um exagero, que uma hora doía, outra não, que na verdade ele queria que Martha estivesse com ele o tempo todo, que não precisasse dividir a atenção dela com a família. Cheguei a interpretar que talvez fosse difícil para ele acreditar que estava curado, como se tivesse permanecido apegado à doença, à condição de doente, acostumado com todos ao seu redor.

Atenuo a culpa me dizendo que era nosso jeito de não acreditar que o tumor tivesse voltado; isso nem sequer passou pela nossa cabeça naqueles dias de praia, em que meu pai gemia e reclamava o tempo todo, exceto quando estava com as crianças. Ele podia ter passado a noite em claro por conta da dor, ou dormir profundamente por horas e horas sob efeito do baque dos analgésicos (que ele havia levado, por precaução que também achamos suspeita); mas quando se via diante do Benja, do Bernardo, do David, do Jorge, juntava forças, sorria, brincava, dava broncas carinhosas no Jorge que sempre queria entrar sozinho na piscina.

Tenho enorme dificuldade, Felipe, de me perdoar por esse erro, por interpretar tudo ao contrário: achar que a disponibilidade dele para as crianças era sinal do seu apego à doença, e não à vida.

29

Felipe continua me olhando em silêncio. Depois, me repete o que eu tantas vezes já me disse antes: você não tinha como saber. É, e não querer acreditar nos faz cegos por um tempo, eu completo.

Erramos tanto ao amar.

Seu pai, tenho certeza, já tinha te perdoado quando morreu.

Sim. Eu já sei, mas escutar isso de fora é sempre bom; e o que é o luto, senão essa repetição necessária, esse repisar, e o que é a vida, senão a mesma coisa. Esse infinito perder, perder-se de si, buscar-se. Não: infinito, não.

Amarroto o guardanapo de papel, já úmido, e o pouso no pires manchado de café.

Olho no relógio, é hora de embarcar.

Felipe, de pé, me dá um abraço longo e apertado. Como os de antes.

30

A caminho do portão de embarque, a caminho do avião que me levará até meus filhos e Eder, ainda reverberando o encontro com Felipe e o portal (sempre à espreita) aberto por ele, um portal para uma região em que caio pelos caminhos mais diversos, a região tragante e dolorosa da morte do meu pai, lembro-me de uma cena.

O luto não é lógico, pelo menos nem sempre: uma situação banal pode disparar dores aparentemente desproporcionais. A vulnerabilidade não é previsível. Aliás, quando temo demais a dor, ela muitas vezes deixa de vir. Claro que a cena veio à tona pelo encontro com Felipe; mas por que naquele momento, andando pelo aeroporto, e não antes, quando falei da culpa? É um pouco como se lembrar de um sonho, o dia está transcorrendo e de repente uma imagem vem, ou uma sensação, da qual vou ao encalço para descobrir partes maiores do sonho. E, quando descubro, percebo que o sonho esteve comigo, como um pano de fundo ou um filtro quase imperceptível, desde que acordei dele, ao longo do dia inteiro.

Ah. Outra cena. Agora meu pai bêbado, depois de ter tomado remédios para dor e uns sei lá quantos camparis, sorrindo, aliviado, dançando com o olhar mole, as pernas finas (tão finas) se dobrando ao ritmo de uma música imaginada, antes de entrar na piscina com Martha.

Mas a cena da qual me lembro antes não é essa. Quando estávamos em Búzios, ficamos em uma casa na mesma rua que a da família da Martha. Passávamos o dia com eles e, à noite, voltávamos para aquela onde nos hospedamos. Meu pai estava com dificuldade de andar os cerca de duzentos metros que separavam uma casa da outra; Gabi ou eu íamos de carro para levá-lo de volta.

Na noite da última passagem de ano do meu pai, ele sentia muita dor na região lombar, e parecia enorme o esforço que fazia para estar entre nós, que comemorávamos e fazíamos questão de ignorar que a dor dele não se devia a uma hérnia ou outra coisa do tipo. Não muito depois da virada, ele pediu que eu o levasse para a casa onde dormíamos. Minha irmã o escorou até o carro, passo a passo, gemendo, enquanto eu levava Benja adormecido no colo. Eder já havia voltado antes com Jorge e Tadeu.

Interrompendo nosso trajeto de carro e os gemidos do meu pai, que cessaram por alguns instantes, muitas meninas vestidas de branco comemoravam na rua, provavelmente a caminho de outro lugar. Era uma bela cena: umas vinte meninas de uns quinze, dezesseis anos, todas de branco, arrumadas, com flores coloridas nas mãos e nos cabelos, sorrindo, se abraçando, cantando. O fato de meu pai ter parado de gemer para olhá-las me fez crer, de novo, que sua dor não era tão forte assim; que ele talvez estivesse até fingindo. Em vez de confiar no seu amor pela vida, pela beleza: era, de novo, o apelo delas que lhe calava a dor.

Segunda parte

Estou na janela. Ótimo: vou dormir como uma pedra.

À minha direita, uma menina de uns quinze, dezesseis anos; no corredor, ao lado dela, um homem de uns cinquenta que provavelmente é seu pai.

Escrevo para Eder, avisando que já embarquei; escrevo para Gabi, contando do encontro inusitado com Felipe. Ela responde logo: quer saber como foi. Digo que conversamos um pouco. Conheço sua ansiedade: encontrar pessoas relacionadas ao Tuta é como encontrá-lo um pouco também. Uma das dores do luto é se deparar não apenas com o fim da vida, mas com o fim definitivo da história, que não pode ganhar do futuro novos significados e versões, apenas do passado. Então buscamos novas versões do passado como se fosse um jeito de a história continuar.

Boa viagem, Na. Agradeço. Depois que Tuta morreu, nos esforçamos para cumprir o papel que era dele: desejar boa viagem quase supersticiosamente, preocupar-se até receber notícias da chegada.

Num dos vídeos do meu pai com Jorge, ele morde o pé, faz cócegas, dá mais comida para o bebê que Jorge era quando o avô estava em quimioterapia, ambos carecas na imagem. Depois, quase no meio de uma risada, numa voz um pouco mais baixa e rápida, pergunta para mim, que segurava o celular do outro lado da câmera: a Gabi já chegou? Devia ser um dos tantos domingos em que Gabi voltava para o Rio de Janeiro.

O avião começa a andar. Olho o anoitecer na janela, planejando fechar os olhos e adormecer, mas percebo em mim uma falta de calma, como se eu estivesse em uma cama com lençóis excessivamente desarrumados, como se tivesse de lidar com coisas revolvidas, e me vem a imagem da terra revolvida da cova onde acabaram de depositar o caixão com o corpo do meu pai.

Tento afastar a imagem, avião, céu, estamos decolando, e penso na viagem da Gabi quando ele morreu.

Ela precisava ir, e a esperança na melhora do pai fez com que mantivesse os planos. Os planos: partir sábado, chegar domingo, embarcar segunda no navio, trabalhar nele terça e quarta (a vida marítima de uma engenheira naval), desembarcar e começar a viagem de volta na quinta, chegar sexta ao Rio de Janeiro, e sábado de manhã, São Paulo com o pai. Planejava cozinhar, fazer o que disse ao pai e à irmã que seria a "revolução da comida", tudo que ele quisesse comer, tudo que lhe fizesse bem, pois os planos da esposa do pai eram passar o Carnaval com a família dela em Belo Horizonte, e ela e suas restrições alimentares, que sempre imprimiram à geladeira da casa dele certo caráter desértico, não estariam. Então partiu sábado, e como o aperto no peito já a acompanhava nos últimos meses todos, não lhe deu muita atenção.

De sábado para domingo, Rio de Janeiro, Paris, Yaoundé, e depois uma cidade menor em Camarões, onde passou a noite em um hotel qualquer, provavelmente o melhor da cidade. No domingo pela manhã, ela e os outros integrantes da operação foram transferidos de van ao cais, ela e a malinha pequena, o pensamento longe, a esperança. Um trajeto de meia hora em que tudo ruía, a cidade de uma pobreza ímpar, mesmo para quem estivesse acostumada à pobreza do Rio de Janeiro.

No porto, tudo parecia remendado, sujo, fora de lugar; e assim tentaram fazer também com sua mala, que, ao lado da dos outros tripulantes, passou por revista atrás de revista. O navio e o mar, por não serem terra, são considerados também território estrangeiro.

Então, um barquinho, que por duas horas singrou o mar e a levou ao navio. Um navio no meio do oceano, a centenas de quilômetros da costa de Camarões. Sua casa, imagem de solidão. Aportou por volta da uma da tarde de domingo, escreveu ao pai, mandou fotos da cabine. Durante o dia, o celular ficava no quarto-cabine, um dos poucos lugares onde havia sinal, recebendo as mensagens e notícias de longe que ela só conseguiria acessar depois, quando terminasse a labuta do dia.

Depois e antes: as cinco horas na frente do fuso, é dia aqui e madrugada lá no Brasil, então só soube no antes que é depois que o pai havia caído no banheiro, de madrugada, e a esposa não conseguira levantá-lo.

Longe, era a manhã do primeiro dia que o pai debilitado não tinha conseguido ir trabalhar.

Terça-feira

Ele foi internado em uma terça. No dia anterior, pedira que contratássemos cuidadores: eu já tinha sugerido que não ficasse mais sozinho havia algumas semanas, mas antes ele não quis. Significaria reconhecer que não podia mais trabalhar. Insistia na sua autonomia, em que podia sim ficar sozinho em casa, embora tenha caído algumas vezes nas semanas anteriores. De domingo para segunda, caíra de madrugada no banheiro, acabou evacuando no chão, e Martha teve muita dificuldade em levantá-lo. De manhã, não conseguia mais segurar os talheres. Ele mesmo pediu que houvesse alguém sempre com ele a partir de então, acho que acima de tudo para não sobrecarregar Martha. Os cuidadores passariam a vir alguns dias mais tarde, ela já havia contatado uma empresa especializada, mas, na terça, ele simplesmente não conseguiu se levantar da cama para ir ao banheiro, não conseguia nem se virar. Não era mais possível que meu pai ficasse em casa.

Passei a manhã no trabalho, nessa época eu trabalhava em um hospital penitenciário, então não tinha acesso ao celular, não era permitida a entrada com o aparelho. Eu já tinha planos de ir para a casa dele direto, como vinha fazendo sempre que conseguia, mas na hora do almoço, assim que vi a mensagem da Martha dizendo que estavam indo para o hospital de ambulância, fui para lá o mais rápido que o trânsito me permitiu.

Eu sabia o que estava acontecendo. Sabia que meu pai não sairia mais do hospital. Sabia que a lenalidomida, a Lena, como a apelidamos carinhosamente, remédio caríssimo que Martha conseguiu importar com trâmites complicados pelo convênio e que, tínhamos esperança, poderia controlar o crescimento do tumor e aumentar o tempo de vida do meu pai, não estava fazendo efeito. Ele não tolerava nem a dose mínima: suas plaquetas chegaram, algumas semanas antes, ao número absurdo de seis mil, quando o normal é acima de cento e cinquenta mil. Na noite desse dia, eu não consegui dormir: conferia de tempos em tempos o celular para saber se meu pai estava bem, se havia tido algum sangramento, e só me tranquilizei um pouco depois que ele recebeu transfusão de plaquetas.

Entrei no pronto-socorro pela emergência. Artur Timerman, meu pai, está no PS, eu disse nervosa à atendente. Então me lembrei da situação semelhante um ano e nove meses antes, quando ele foi levado a outro hospital por uma colega quando quase desmaiou no meio do trabalho. Foi aí que tudo começou. Fazia semanas que mancava e que tínhamos reparado que sua perna estava inchada; não é nada, ele dizia, mas seu andar perdia firmeza a olhos vistos. Quando Simon avisou que ele estava no hospital por um provável problema na vesícula, achei muito estranho. Vesícula? Martha não estava no Brasil; Gabi estava no Rio de Janeiro. Deixei Jorge, que tinha menos de dois meses, com Eder e corri para o hospital, tão atabalhoada que esqueci o portão da garagem de casa aberto. Quando pedi informações sobre onde ele estava à técnica de enfermagem do PS, ela disse: está na emergência. O que é protocolo H?, perguntei, olhando para a tela onde ela procurava as informações. Protocolo para hemorragia. Ele vai entrar no exame agora, corre.

Corri. A angiotomografia era alguns andares acima; o elevador estava longe, fui de escada, com medo de nunca mais vê-lo. Ofegante, cheguei a uma porta de vidro, atrás da qual havia outra porta, atrás da qual estava meu pai. Oi, Na, ele disse sorrindo ao me ver. Percebi que tinha medo. Ou talvez fosse só um reflexo do meu.

Fiquei na salinha ao lado, equipada com uma janela, observando o exame ser feito. Não havia sangramento algum. A suspeita de que houvesse era pela hemoglobina de seis, causada provavelmente pelo que se chama de síndrome paraneoplásica, cujo significado eu aprendera na faculdade alguns anos antes: sintomas provocados pelo câncer, mas que aparentemente não tinham relação com ele. A coceira que meu pai andava sentindo, a fraqueza. Essa anemia.

Linfoma. Linfoma não é uma palavra feia: na faculdade, eu havia aprendido outras muito piores. Carcinoma, metástase, meningococcemia, encefalite, mieloma múltiplo, choque séptico, câncer de pâncreas. Linfoma tinha cura: deveria ter, esperamos até o fim que tivesse. Davam-nos estatísticas, e sempre nos agarrávamos a elas, ao longo de todo o tratamento, na montanha-russa de emoções que, apesar de ser um clichê, define como nenhum outro termo a trajetória da família de alguém muito amado com câncer. Setenta por cento de chance de cura. Oitenta por cento de sobrevida ao transplante. Mas depois (e apagamos essa porcentagem da memória, todos nós, menos meu pai): cinquenta por cento de chance de o tumor voltar.

Números. Ele caiu todas as vezes na pior porcentagem, mesmo que fosse menor. O caminho menos provável da evolução incontrolável da doença. Evolução da doença. Os números. A apreensão a cada notícia ruim, a cada resultado de exame, nublando o dia, oprimindo o peito. As lágrimas que acompanharam esse tortuoso caminho.

Cara ou coroa, o tumor tinha voltado. Pouco menos de dois meses antes dessa terça-feira; e descobrimos a massa, outra palavra inofensiva, compartilhada semanticamente por pratos de cantina, já com dez centímetros. Não. Não. Não. Deve ser outra coisa, pensávamos. Vamos esperar o resultado da biópsia. Meu pai nos alertava: é tecido linfoide. Até que se prove o contrário, é o tumor que voltou; mas não consigo imaginar que seja outra coisa, ele dizia, cético.

Não era mesmo outra coisa. Os dez centímetros já tinham certamente aumentado quando ele chegou à emergência pela última vez, e doeram dia a dia nas semanas anteriores. Agora, já não: o patch de fentanil prescrito pelo dr. Felipe tinha, enfim, funcionado. No hospital, encontrei-o na observação do pronto-socorro, tranquilo, sereno, sorridente. Um sorriso que quase se desculpava: ele levantava as sobrancelhas, enrugando a testa, arregalava um pouco os olhos, virava a cabeça de lado, torcendo a boca, em um gesto que dizia "que merda" por estar naquela situação, sem querer nos preocupar muito.

Na queda da madrugada anterior, ele havia machucado o braço direito: precisava então fazer um raio X, tinha inchado. Ia fazer antes de subir para o quarto. Paula, que o acompanhou desde o transplante, examinava seus pés, seus reflexos, para saber se a impossibilidade de andar era por conta da fraqueza ou tinha uma causa compressiva, ou seja, o tumor crescendo e esmagando os nervos. Outra médica veio falar conosco, ela era do pronto-socorro e também da equipe de cuidados paliativos. Queria confirmar comigo e com Martha que, caso o coração dele parasse, não seria feito nenhum procedimento para reanimá-lo: sim, isso mesmo. Sabíamos. Sabíamos. Mas isso não tornava as coisas mais fáceis.

Fiquei do lado do meu pai fazendo carinho nele. Como ele tantas vezes fez carinho em mim quando eu estive doente. Dor de ouvido. Dor de garganta. Chorando madrugadas inteiras. Insônia. Meu pai ficava do lado da minha cama, contava histórias, inventava alguma coisa mágica que me fizesse dormir. Certa noite, foi uma tampinha de garrafa, na época em que as garrafas eram todas de vidro e tinham tampas de metal. Aperta essa tampinha na mão, Na, ela vai te fazer dormir. Depois de um tempo, eu dormia. Quando acordava, ele já tinha saído para trabalhar.

E ele ainda queria sair para trabalhar. Ali do pronto-socorro, pediu a Martha (ele já não conseguia digitar, estava com muita dificuldade para enxergar e agora ainda com o braço direito machucado) que avisasse à sua secretária para desmarcar os pacientes pelo menos até quinta. Os de depois, ainda não: esperava ter saído do hospital para atendê-los.

O navio era uma unidade de liquefação de gás. Mudar o estado natural das coisas, à temperatura de 163 graus negativos, e então o gás vira líquido, sua forma de congelar. Ela era responsável pelo navio que, na costa brasileira, em Sergipe, atribuiria ao gás natural o estado que era seu. Outro navio faria a ponte marítima entre esses dois, levando o gás líquido da África à América. Um navio que vinha da Ásia e se chamava Nanook.

No meio do oceano.

Às quatro e meia da manhã, quando ainda era noite em São Paulo, ela já esperava pela chegada do Nanook *na plataforma. Era um dia importante para a engenheira naval que ela era: o dia inteiro longe da cabine, acompanhando a manobra, acompanhando como os navios fariam para se ligar, e finalmente o* Nanook *atracou, e ela de cesta foi içada até ele, onde encontrou a tripulação que já conhecia dos anos em que havia morado na Coreia. Ela não tinha como saber das notícias de longe, das notícias do depois que ela só conheceria antes. O fuso, o tempo, o tempo, os dias do pai. Chegar, atracar, as horas, o* Nanook, *voltar, e quase um dia inteiro havia se passado.*

Por volta de quatro da tarde, ela voltou à sua cabine para descansar um pouco. Pegou na mão o celular, mensagens, ligações, a irmã tentando falar, e então só depois, ainda antes, veio tudo de uma vez. Volta, Ga.

Olha a vovó Fani ali, ele disse, deitado no pronto-socorro. Olhei para onde meu pai apontava com o braço direito, o que estava inchado, uma diagonal para cima diante dele: não vi nada. Fiquei quieta. Ela está ali, sentada, confirmou. Apertei mais forte sua mão esquerda e a acariciei. A vovó Fani, mãe dele, havia falecido quase treze anos antes.

Simon chegou ao hospital, precisei sair de dentro da observação, não podia ficar muita gente. As cortinas entre um paciente e outro eram cor-de-rosa, acho. Não me lembro de muitos detalhes. Não me lembro muito bem da ordem das coisas, mas acho que foi aí que escrevi para Gabi voltar.

Ela viajara a trabalho dois dias antes: recebeu minha mensagem com algum atraso, através do fraco sinal de internet do navio, embarcada a trezentos quilômetros da costa de Camarões. Já ali, comecei a ficar bastante aflita, com medo de que ela não chegasse a tempo de encontrar nosso pai com vida.

Ligou para a irmã, a voz dela vinha do hospital e chegava ao meio do oceano, explicando que o pai já não conseguia andar, já não conseguia quase nada, e ia deixando de conseguir cada vez mais, menos, menos, volta, e ela sente a náusea do navio que não a nauseia há anos, e precisa avisar, precisa saber como voltar, o gerente de operações, alguém, Georges, foi até ele dizer o que tinha acontecido, o que estava acontecendo, o que estava para acontecer, e desabou, o corpo envergado, de joelhos, mal conseguindo explicar, eu achava que tinha mais tempo com ele, eu achava que tinha mais tempo com ele.

Georges disse que voltasse à cabine, ele assumiria a logística da volta, falar com o capitão do navio, o pessoal de terra, o Brasil, voltar, primeiro à cabine, depois à costa, depois ao seu país, e então ao seu pai, rápido, antes que ele não exista mais.

Quando me dou conta, o jantar está sendo servido. Não preguei os olhos até agora. Faço a primeira interação com a menina e seu pai, um esboço de sorriso, enquanto recebo o frango com legumes do comissário de bordo. Como um pouco, não consigo muito mais. Comida de avião e comida de hospital têm bastante em comum.

Martha, Simon e Roberta, esposa dele, foram almoçar; fiquei com meu pai. Levaram-no para um leito reservado ali mesmo no pronto-socorro, até que fizesse o raio X. Eu fazia carinho nele, segurava sua mão, depois a soltava, tentava ler, não conseguia me concentrar em nada, ele dormia. Vieram me pedir para assinar os papéis da internação e avisar que já o levariam para o exame. Encontrei a cópia desses papéis largados na bolsa um dia qualquer, semanas depois da morte do meu pai. Antes e depois da morte, que continuidade estranha. Não. A quebra.

Demoraram bastante para buscar meu pai para o exame — tenho a sensação de que horas. A pressa que eu tinha era completamente descabida: não havia pressa de nada. Apenas de que minha irmã chegasse ao Brasil, chegasse ao hospital, encontrasse meu pai vivo, mas isso não dependia de mim. Dependia deles.

Saí do leito reservado para perguntar se demorariam para levá-lo ao exame: dei de cara com o dr. Felipe no corredor.

Ao vê-lo, desatei a chorar. Ele me deu um abraço e me levou a uma cadeira que estava ali perto. Sentou-se na outra. Percebi ao longo daquela semana: os profissionais da equipe de cuidados paliativos sempre pegam uma cadeira para se sentar.

Mas ele está sozinho, eu disse, com medo de demorar para voltar. A Val vai conversar com ele um pouco, Felipe falou, e só então nos apresentou: Val, essa é a Natalia, filha do Artur. Natalia, essa é a Val, enfermeira da equipe de cuidados paliativos. Ela sorridente me cumprimentou e seguiu na direção de onde eu havia saído, onde estava meu pai.

Tenho medo de que minha irmã não chegue a tempo, falei.

Conversar com Felipe sempre me trazia calma: ele deixava atrás de si um rastro de paz, mesmo que não pudesse garantir que meu pai estaria vivo até minha irmã chegar, mesmo que não pudesse salvá-lo. Escrevi para ela mais tarde: ele disse que acha que não vai acontecer nada por agora, Ga. Que o processo ainda não começou. Pra te deixar mais tranquila pra voltar.

Quando abri de novo a porta do leito reservado do pronto-socorro, encontrei meu pai conversando tranquilamente com Val. Ele, sem dores, ficava de ótimo humor. Quando algum funcionário do hospital perguntava faticamente, para introduzir outro assunto, "tudo bem?", ele dizia: "Tá tudo bem, só o paciente que tá ruim". Às vezes, cantava. Gostaria muito de me lembrar de qual música; já não sei.

Ela me perguntou se estou com medo, ele contou depois que Val já tinha saído e estávamos de novo só nós dois. Não estou.

Que bom, pai.

Na cabine, deitou-se, encolhida, exausta, e de tanto chorar, adormeceu.

Acordou sem saber quanto tempo tinha se passado, onde estava, que dia era, ou se era o horário daqui ou de lá, acordou sem saber onde era aqui e onde era lá. Sentiu fome. Foi até o restaurante do navio, e lá havia gente, mas já não havia jantar. Um sanduíche basta, mas só conseguiu morder três ou quatro vezes, sentada, olhando para a frente. Pegou uma maçã e voltou à cabine. Tomou um banho, a água do chuveiro do navio no meio do mar. Deixou tudo pronto para, no dia seguinte, começar o caminho de volta.

Levaram-no de maca até um corredor próximo, onde ficamos aguardando a chamada para o raio X. Preciso fazer xixi, ele disse. Fui atrás de alguém da enfermagem. Seu pai já vai fazer o exame, é só aguardar um pouco mais.

Mas ele está com vontade de fazer xixi e não consegue se levantar.

Lembrei-me de quando, quase dois meses antes, na UTI, de madrugada, ele tentou chamar a enfermagem para ajudá-lo a ir ao banheiro. Demoraram: fiz xixi no chão, ele disse, no tom de quem contava uma molecagem. Dessa vez, não foi necessário. O alívio foi meu, quando lhe trouxeram um papagaio para que urinasse antes do exame.

Enquanto ele estava na sala de radiografia, eu respondia às mensagens da Gabi. Ela queria saber se ele estava na UTI. Não, Ga. A ideia é dar conforto, não fazer muitos exames, a UTI é muito invasiva. Ele está sentindo dor? Não. Mas está muito, muito fraquinho. E às vezes fica confuso, dorme de olho aberto.

Tuta foi instalado em um quarto amplo. Ali ele tomou seu último banho de chuveiro, sentado na cadeira de banho. Ele adorava sentir a água escorrendo pela cabeça, suas duchas eram demoradas. Gemia de prazer, como quando sentia o gelado da cachoeira bater no corpo, nos mergulhos da nossa infância.

Nos dias que se seguiram, o quarto estava sempre cheio de gente. Simon, Martha e eu desmarcamos todos os compromissos; revezávamo-nos para comer, tomar banho, descansar. Mas boa parte do tempo estávamos os três ali, e quase sempre mais alguém que aparecia, algum tio, algum amigo.

Simon e Martha não se davam bem já havia um tempo. Meu irmão sempre teve alguma questão com as namoradas e companheiras do Tuta depois da separação da nossa mãe. No começo, ele gostava da Martha; mas bastava um deslize, ou nem isso, qualquer coisa que ele interpretasse como uma sacanagem, e pronto: parava de falar tanto com ela quanto com ele, achava que estava sendo deixado de lado, preterido. Lembro-me de uma festa à fantasia na casa deles, Martha e Tuta empolgados improvisaram roupas que tinham relação com cinema: meu pai foi de Chaplin; Martha, de Harpo Marx. Gabi e eu também inventamos fantasias: coloquei um vestido, soltei o cabelo e fui de Mérida, do desenho animado *Valente*; minha irmã pôs um lenço, óculos escuros e foi de Louise, de *Thelma e Louise*. Simon e Roberta já haviam ido embora da festa quando cheguei. Eles tinham alugado fantasias, e ao perceber que estavam muito mais fantasiados que os outros, meu irmão interpretou como uma armação contra eles, para expô-los ao ridículo, e foi embora bravo, sentindo-se vítima de uma injustiça.

Talvez ele se sentisse injustiçado simplesmente por interpretar outros interesses do meu pai como desvios da atenção que pensava caber a ele. Gabi e eu sempre tivemos interesses mais próximos à vida do Tuta: cinema, filmes longos e silenciosos, teatro, livros e mais livros. Simon nunca gostou de nada disso.

No hospital, testemunhei a aproximação tímida entre Simon e Martha. Primeiro, um oi de longe. Depois, se oferecer para trazer um café. Pouco a pouco. Até que se cumprimentavam normalmente. Ainda com algum receio mútuo, com alguma hesitação.

O tempo não era de brigar. O tempo era de acompanhar os últimos tempos do nosso Tuta, que oscilava entre a lucidez, o sono e alguns momentos de confusão.

Só no hospital esses estados confusionais começaram: até a semana anterior, ele trabalhara, e se tinha dificuldade em digitar porque os remédios faziam com que não enxergasse bem, ainda me pedia que respondesse por ele algumas mensagens de trabalho. Deitado de lado no sofá, gemendo de dor, ditava, depois de escutar o que eu havia lido na tela do seu celular: aguardar a tomografia, não precisa entrar com antibiótico ainda.

Agora, já não. Ele se desligava pouco a pouco dos compromissos, se desligava do que o atava à própria vida.

Nas outras internações ao longo do tratamento, pedia o celular, interagia com os filhos que não estivessem ao seu lado no quarto, respondia a demandas de pacientes. Dessa vez, o celular ficou largado na mesinha de suporte do seu leito. O raio X veio normal, ele não havia quebrado o braço na queda; mas o ortopedista que o examinou orientou o uso de uma tala. Com o braço direito imobilizado, se já estava difícil antes, agora era impossível digitar.

Só com a Gabi ele pedia para falar. Nas janelas de vigília e lucidez, perguntava quando ela chegaria.

Conseguiu dormir, desde sempre ela conseguia dormir, desde que era bebê e os pais se preocupavam com tantas horas de sono sem mamar.

Sonhou que carregava o pai no colo, ele estava tão levinho.

Quarta-feira

Martha dormiu no hospital de terça para quarta.

Quando acordou, Tuta olhou em volta e perguntou: "Eu fui ao jogo?". Martha riu. Estamos no hospital, Tush, você não saiu daqui. "Mas estou rouco de tanto gritar!" Contra quem era o jogo?, ela perguntou, depois de beijá-lo e acariciá-lo. "Palmeiras. Um a zero. Gol do Gustagol."

Corinthiano fanático, um dos fundadores da Gaviões da Fiel, quando fui mostrar, na tela do celular, a cobrança de pênaltis da partida Corinthians x Racing, ele levantava o dedo do meio (da mão direita, a que estava com a tala) a cada vez de o adversário bater. O Cássio é foda, ele disse no fim, comemorando a vitória da noite anterior, feliz.

Nessas manhãs, dávamos comida na sua boca: pão na chapa; café; iogurte. Ele mastigava com dificuldade, demorava muito para comer pouco. Depois, durante o dia, já não comia praticamente nada. Ao longo da semana, foi deixando de conseguir engolir alimentos sólidos.

Eu me preocupava: era aflitivo que não conseguisse se alimentar, e eu tinha a sensação de que assim ele não aguentaria até a chegada da Gabi. Seu rim já não funcionava bem; talvez por desidratação, talvez pelo quadro todo. Martha me tranquilizou, dizendo que ele tinha recebido soro na primeira noite.

Na segunda noite, de quarta para quinta, ele recebeu transfusão de sangue e plaquetas. Algo que vai no contrassenso desse momento dos cuidados paliativos. Mas ele mesmo, ao longo do dia, quando ficou a par do resultado do seu exame (dezoito mil plaquetas, 6,8 de hemoglobina), perguntou várias vezes, nas janelas de lucidez, se receberia transfusão. Talvez quisesse, ele mesmo, conseguir esperar com vida até a chegada da Gabi.

O barco que a levaria de volta a terra só sairia às onze da manhã, enquanto ainda seria bem cedo no Brasil.

Ela esperava.

Precisava comunicar sua partida ao capitão. O escritório principal ficava no topo do navio, de onde se via tudo, a unidade inteira e o mar, até bem longe, até onde a vista não alcançava mais. Pediu licença ao capitão, disse que tinha de ir embora, precisava desembarcar. Qual a situação dele?, o capitão perguntou, ao saber que o pai da engenheira naval responsável pela operação de liquefação do gás estava doente. He's dying… *e não conseguiu conter o choro, e tentou evitar os olhos do capitão, molhados também, a água dos olhos, a água em volta, o mar.*

Nos vinte e um meses de tratamento do linfoma, meu pai recebeu inúmeras transfusões de sangue. Pessoas desconhecidas que se dispunham a passar algumas horas no hospital com uma agulha espetada no braço, vendo seu sangue sair do corpo: agradeço muito a elas. Eu mesma fui doar durante o transplante de medula do meu pai, mas não consegui fazer disso um hábito. Hemácias e plaquetas. A bolsa contendo o líquido vermelho ou de um transparente amarelado, pingando gota a gota para o tubo plástico que, na outra ponta, ia para dentro da veia do Tuta. E ele voltava a ter cor. E as manchas roxas na sua pele diminuíam.

Houve períodos de muita apreensão, passadas algumas semanas do transplante de medula, três meses antes da última internação. Em geral, depois que as células de defesa zeram e a hemoglobina e as plaquetas diminuem muito, pouco a pouco tudo isso vai subindo. Os neutrófilos do meu pai subiram, mas o resto do hemograma, não. Ou subia em ritmo muito mais lento que o esperado.

Começaram a suspeitar de que outro tumor estivesse causando a lentidão da recuperação dos níveis dos componentes sanguíneos, coisa que pode acontecer em alguns casos depois do transplante. Meu pai tinha quase certeza de que era isso. Foi pedido um exame muito específico para esclarecer o que estava acontecendo. Esperávamos o resultado. Meu pai já tinha saído do hospital, já voltara a trabalhar.

Uma tarde, Tuta estava no carro, perto do hospital onde trabalhava, no trânsito, parado no farol. Ele conversava pelo viva-voz com Zé Augusto, grande amigo e companheiro de jogos do Corinthians. De repente — contou —, escuta um barulho, demora a entender o que aconteceu, se assusta, vê o vidro quebrado dentro do carro. Um homem, aparentemente num surto psicótico, deu um soco na janela do carro, quebrando-a, sem tentar pegar nada. Apenas o xingou: seu filho da puta, coisas assim. Meu pai percebeu que o supercílio estava sangrando; pensou nas plaquetas baixas, pensou em dirigir para o hospital. Mas o sangramento cessou sozinho; e ele então concluiu que as plaquetas deviam ter subido. Foi para casa, recuperando-se do susto.

Mais tarde, no mesmo dia, saiu o resultado do exame: não havia nenhum outro tumor.

Comemoramos muito. Ele e Martha saíram para jantar. No dia seguinte, fui com Eder e os dois no restaurante preferido deles, um estabelecimento bem pequeno de comida japonesa. Estávamos felizes, aliviados, radiantes.

Não tínhamos como saber que aquela era uma celebração provisória.

Fico pensando no significado daquele soco gratuito.

Somos em alguma medida responsáveis por tudo que acontece conosco? Meu pai foi responsável por estar ali, naquele instante, mesmo sem saber? Foi responsável pela sua doença?

E que celebração, afinal, não é provisória?

Às onze da manhã, o barco chegou.

Ela mandou notícias à família de que estava começando a voltar e desceu pelas escadas do navio até a embarcação menor, olhando para baixo, olhando para dentro do barco. Acomodou-se em um banco e, para isolar o barulho ensurdecedor do motor, pôs o segundo concerto de Chopin no fone de ouvido. O barco ondulava e o tempo passava, e isso era bom e ruim ao mesmo tempo, pois no tempo ela percorria a distância que a separava do pai, mas o tempo passava para ele também, e agora ele tinha pouco, pouco tempo, poucos dias de vida, e ela, muita pressa. Mas o barco não podia ir mais rápido do que já ia, e a música e o mar a acalmavam, e então ela pôs os concertos de Rachmaninoff para tocar nas mãos de Martha Argerich — a quem o pai, alguns anos atrás, a levara para assistir na Sala São Paulo, junto com Nelson Freire —, e conseguia diminuir um pouco a aflição daquele tempo, daquelas horas de barco sem sinal e sem notícias.

Faltavam poucos minutos para chegar ao cais onde um carro a esperava. A viagem segue longa à sua frente, percurso infinito, o tempo se multiplicando em dimensões que não conhecia. O tempo. O tempo. O tempo. Cada onda que bate no casco do barco, cada marola que o faz oscilar, é a batida do coração do mundo. As pessoas vivas, as pessoas morrem. O pai.

Na internação anterior, na UTI, quando descobrimos que o tumor havia voltado, insistiam que meu pai precisava usar cateter de oxigênio porque, devido a uma pneumonia, sua saturação sempre baixava para perto de oitenta por cento ou menos. Ele ficava bravíssimo. Não estou dispneico, argumentava: esse pessoal não dá a mínima pro estado geral do paciente, pra clínica.

Quando Benja, meu filho mais velho, foi visitá-lo, ajustou no próprio dedo o oxímetro e ficava brincando de prender o ar para ver a saturação diminuir no monitor. Meu pai dava risada. Quando foi para o quarto, ainda insistiam com o monitoramento constante e o cateter. Até que um dia Martha disse à enfermeira que entrava para verificar se estava tudo bem: "Lá vem o monstro do cateter!".

Dei risada quando soube dessa história.

Agora, o manejo era bem diferente. A saturação do meu pai estava baixa, mas eu disse a Felipe que o cateter o incomodava muito. "Então vamos tirar o oxímetro, vamos parar de medir", foi a resposta dele.

Depois da transfusão, não foram pedidos mais exames. Apenas esperávamos que o corpo do meu pai fosse parando de funcionar. E que minha irmã chegasse antes disso.

Terra.

Novamente a revista da mala, e depois foi levada com a tripulação que também havia desembarcado a um centro logístico, onde havia sinal de celular e internet. Ligou no mesmo instante por vídeo para a irmã e falou com o pai, que estava lúcido, estava calmo, a voz tranquila de sempre, oi, Ga, o sorriso, e ela completou o que via na tela imaginando o corpo dele, ele sentadinho na cama, com algumas limitações, mas parecia naquele momento que a situação não estava tão grave assim. Havia muita gente no quarto, a chamada de vídeo continuou conectada, ela de um lado da tela e do mundo, do outro, o pai, a esposa dele, a irmã, algumas primas e uma amiga. Ficou escutando, sorrindo, vendo o pai sorrir e interagir, aliviada, perguntou o que queriam que ela levasse de Paris, o pai pediu foie gras, a irmã, chocolate com caramel salé, e ela disse que levaria chocolate branco à esposa do pai, não precisa, não quero nada, ela respondeu, e o pai, bem-humorado, conciliador, disse "mas se você por acaso fosse querer algo, o que você quereria?", tá bom, chocolate branco, e todos riram, e depois ela ficou novamente sem sinal, a caminho do hotel em Yaoundé, onde ficaria até de noite, aguardando o voo para Paris.

Por mais que tenha sido o lugar onde meu pai fez um tratamento que não deu certo, e depois o lugar onde morreu (quarto 1065, encontrei no histórico de mensagens do WhatsApp), tenho boas lembranças do hospital. É curioso, eu poderia odiar aquele lugar, ter desenvolvido por ele algum tipo de aversão, trauma, nunca mais querer pisar lá. Mas não. Lembro-me dos dias de internação com carinho, sinto até saudades deles. Meu pai estava vivo, ora; e tínhamos esperança, sempre tivemos. E quando a esperança acabou, quando já sabíamos que ele iria morrer, que estava morrendo, ainda tínhamos meu pai, nos ensinando como ir embora, nos ensinando até o fim. Foram dias bonitos. A tristeza era avassaladora, devastadora: mas estávamos inteiros ali, todos nós.

Às vezes, até demais. Como passávamos praticamente o dia todo no quarto, ao lado dele, algumas pessoas que vinham visitar e ficavam bastante tempo acabavam incomodando. Senti uma irritação menos sutil do que deveria quando duas pessoas não tão próximas passaram a tarde inteira ali também, e se aproximavam da cama, e ficavam fazendo carinho no meu pai. Se eles nunca tinham feito carinho no Tuta antes! Por que agora que ele estava vulnerável, frágil, dormindo quase o tempo todo, se sentiam no direito de fazer? Escrevi para Martha confessando a irritação num momento em que ela não estava no quarto. Expulse todo mundo, ela disse: orientação do dr. Felipe.

Mas havia gente que nunca incomodava. Uma dessas pessoas era Lali, minha amiga desde os tempos de colégio, que perdeu o pai muito cedo e acabou adotando o meu como seu. Ele reciprocamente a adotou como filha; aliás, não sei o que veio antes. Ela ia sempre conosco aos jogos do Corinthians, foi conosco até o Japão, quando fomos campeões mundiais, e a carteirinha do Fiel Torcedor que ele fez para ela como sua dependente tinha nosso sobrenome. Lali participou das escalas para ficar com meu (nosso) pai ao longo do tratamento, levava almofada de gel para ele se sentar ou o que fosse que ele estivesse precisando — o sorriso de alívio dele ao conseguir se sentar sem dor nas nádegas em carne viva pela diarreia incoercível depois do transplante de medula foi graças a ela —, me levava para tomar café, ligava para saber como eu estava, ficava na casa dele esperando que Martha chegasse do trabalho nas últimas semanas, quando tínhamos receio de que ele ficasse sozinho... Não só ela. Tia Clarice, casada com Ari, irmão dele; Fernanda, filha da Clarice; Silvia, outra filha (foi a amiga dela que nos orientou como seguir a Shivá). Essas pessoas por perto, que se disponibilizavam para estar ao lado do meu pai, para fazer massagem em seus pés (Fernanda chegava com o creminho cheiroso), para ensiná-lo a meditar e, assim, aliviar a dor: eu sou muito grata a elas e sei que faziam tudo isso para estar ao lado dele.

Julia, psicóloga da equipe de cuidados paliativos, nos deu boas orientações. Perguntei se desmarcava ou não meus pacientes; ela disse que ficava a meu critério, contanto que eu me respeitasse — fosse para trabalhar ou não.

Desmarquei todo mundo. Simplesmente não conseguia ficar longe dali. Ao lado do meu pai, eu me sentia bem; isso ao longo de todo o tratamento: era sempre muito prazeroso estar com ele, que transmitia certo tipo de paz, mesmo nos dias mais difíceis. Durante a vida toda do Artur, aliás, sempre era muito bom estar por perto dele.

Gabi também sabia disso muito bem. Acho que era a que mais sabia.

No hotel, pediu um prato típico camaronês, com espinafre, amen-doim batido, camarão seco e pedaços de frango, e comeu saboreando, estranhando, saciando a fome de dias. Sabia que o percurso que havia à sua frente ainda era longo. Decidiu olhar um pouco a rua, as barraquinhas de artesanato na frente do hotel. Fazia calor, ela suava. Comprou estatuetas de madeira e instrumentos musicais para os sobrinhos, não aceitavam cartão, subiu, havia tempo até a partida para o aeroporto, pegou dinheiro, as coisas do mundo, um alívio, desceu, subiu de novo e deixou tudo pronto para partir.

No aeroporto, uma nova série de inspeções, quase dez, uma se-guida da outra, como se ninguém tivesse visto ainda o suficiente sua mala, como se ali houvesse contrabando, objetos proibidos, segredos, a maçã, encontraram a maçã que tinha pegado no navio e esque-cido de comer, tomaram-na da mala, mas não havia segredo ne-nhum, as malas estavam todas abertas.

Ainda faltava tempo para o embarque: ela tomou chás e bebi-das locais, este tem poder calmante, este relaxante, este um gosto bom, a saudade, a saudade do pai que ela logo veria, falta pouco, ou quase pouco.

Era meia-noite, ainda dia no Brasil, quando embarcou para as sete horas de voo que a levariam, com uma parada, a Paris.

Dormiu.

Três horas de voo. O tempo demora a passar. A garota vê um filme, o pai dela dorme. Eu penso.

Como na noite de terça para quarta da última semana do Tuta. Não preguei os olhos, fiquei inquieta a noite inteira. Ou, no máximo, cochilei um pouco. Mais aflita que pelo meu pai, eu estava pela minha irmã. Imaginava sua angústia, sua pressa em voltar, a ansiedade em cada uma das etapas da viagem, talvez a viagem mais longa, mais demorada da sua vida de viajante.

Por mais que à noite não dormisse, a tristeza era tanta que, durante o dia, sobrepujava o cansaço. Só às vezes eu conseguia cochilar no hospital. Ou às vezes lia: foi ao lado do leito do meu pai que li *Morreste-me*, de José Luís Peixoto. Eu me sentia bem em saber que aquele caminho até a morte, embora singular a cada vez, era de certa forma também comum.

E, por mais triste que eu estivesse, talvez até por isso, tinha crises de riso lendo alguma mensagem enquanto estava no quarto. Eu sabia que era inadequado, meu pai estava morrendo, havia silêncio, mas eu ria descontroladamente em alguns momentos, como se estivesse passando por um desajuste de emoções. O clima no quarto, apesar de estarmos esperando a morte, não era sombrio, pelo contrário: era leve. Pedíamos comida gostosa; na maioria das vezes, era bom receber as visitas e seus abraços; quando meu pai acordava, em geral estava de ótimo humor.

Quarta foi o último dia que Benja viu o avô com vida. Eder o levou junto com Jorge para o hospital, onde passei a maior parte do tempo daquela semana. Tuta sempre abria um sorriso cristalino ao ver os netos. Sempre abria esse sorriso ao nos ver. Acho que parte da dor da sua partida é saber que não há mais ninguém no mundo, além da minha mãe, que abra um sorriso tão verdadeiro só por me ver, como se minha mera existência fosse uma alegria.

Benja também, como era de esperar, se sentia ótimo ao lado do avô. Mesmo quando ele estava mal. Esta foi uma das características do meu filho que passei a conhecer no curso da doença do meu pai: não ter medo de estar ao lado de alguém que sofre, sentar perto, fazer carinho, abraçar, se esforçar para ajudar.

As últimas duas fotos do Tuta foram tiradas nesse dia, ao lado do Benja, que estava deitado na cama hospitalar bem colado ao avô. Ambos sorriem docemente; em uma delas, meu pai abraça Benja com o braço envolvido pela tala. Os dois felizes e tranquilos.

Mas a tristeza era o pano de fundo, o choro estava sempre de prontidão, e vinha nos momentos menos esperados. Uma palavra, um silêncio, uma bobagem qualquer, e alguém estava chorando. Uma lembrança, antiga ou recente. Quando fomos, Gabi, Simon, Tuta e eu a uma feira de filhotes para passear enquanto nossa mãe estudava para a prova de tradução, e voltamos com um cachorro, a Aretha; Martha dizendo, uma ou duas semanas antes, que ela e Tuta tinham ficado séculos chorando juntos uma manhã, antes de sair cada um para seu trabalho, depois de ele dizer que não queria mais viver. Querer, ele queria: mas não conseguia mais, seu corpo definhava, semana a semana, dia após dia, minuto a minuto.

Quem dormiu no hospital de quarta para quinta foi Simon, junto com nossa prima Fernanda.

Eu, para evitar outra noite em claro, tomei um remédio para dormir. O plano era dormir até um pouco mais tarde, conseguir descansar depois que Eder já tivesse levado as crianças para a escola.

Impossível. Não há descanso perto da morte.

Quinta-feira

Paulinha, filha da Martha, chegou de manhã de Washington, onde morava. Todos sabíamos que seria importante que ela estivesse perto da mãe. Tentávamos cuidar dela, na medida do possível, mas também estávamos todos um pouco em frangalhos, e Martha ao lado da Paulinha passava sempre por uma transformação amorosa que, naquele momento, era mais necessária que nunca.

Agora só faltava Gabi chegar.

Pouco depois que entrei no quarto na manhã de quinta, passaram para visita médica Jacques, o hematologista que acompanhou Tuta no transplante, e Paula, sua assistente, à qual meu pai se afeiçoara bastante. Chegaram a sair para jantar uma noite no ano anterior, Paula e o marido, Martha e Tuta. No mês do transplante, numa ocasião, cheguei ao hospital e quem estava com ele era ela, sentada, conversando aparentemente fazia bastante tempo. Com Jacques também acontecia isso: na conversa que houve quando meu pai estava na UTI, conversa difícil em que se falou pela primeira vez que já não havia mais possibilidade de cura, depois de um tempo, falávamos de filmes, de peças em cartaz. Era assim. Ele era assim.

Dessa vez, meu pai dormia quando eles passaram para a visita, então não se falou nem de filme nem de teatro. Eles se sentaram cada um em uma cadeira, e Jacques, que sempre foi meio durão, com os olhos molhados disse que sentia muito que não tivesse dado certo.

Um parente veio me dizer no enterro que a decisão pelo transplante havia sido um grande erro. Que tinha acabado com a qualidade da sua vida, que tinha acabado com sua saúde. Olhei para ele, disse apenas "agora não adianta", e saí de perto. Não consegui dizer que penso que não foi um erro, mas uma tentativa. Havia chance de cura, havia cinquenta por cento de chance de dar certo e o tumor nunca mais voltar; meu pai apostou todas as fichas na vida, que foi como ele sempre viveu. Tentou tudo que foi possível, e acredito que isso o tenha deixado mais tranquilo no final, e a nós também, mesmo que, sim, às vezes me passasse pela cabeça como teria sido sem o transplante, se ele ainda estaria aqui.

Ainda hoje, quatro anos depois, esse pensamento me vem à cabeça.

Estou quase chegando a Paris, onde faço escala, e não preguei os olhos. Me acomodo melhor na poltrona. Não pego meu livro para ler, não sinto vontade de ver filme algum. É gostoso deixar virem as lembranças do meu pai. Ainda que, do avião, junto com elas, ainda hoje me aflija o percurso feito pela minha irmã, oposto ao meu.

Embora exausta, logo que chegou a Paris, na manhã de quinta, ela foi ao free shop comprar todas as comidas que haviam pedido e de que seu pai gostava. Foie gras, ovas de salmão, terrine, Soterne, escolhia os mais caros, foda-se, dizia a si mesma, pode ser a última vez que ele coma essas coisas. A última vez que ele coma.

Sentou-se para tomar um café e enfiou na bolsa, depois de limpá-la com um guardanapo, a colherinha apoiada na xícara do expresso. No hospital vamos precisar disso, pensou. E esperou. Tinha ainda cinco horas antes do voo, ou antes de que conseguisse falar com alguém no Brasil, onde ainda era madrugada.

No aeroporto de Paris, zonza de sono, eu me recordo das mensagens que minha irmã mandava perguntando o que queríamos que ela nos levasse daqui. Ou foi uma ligação? Olho as prateleiras coloridas, imaginando minha irmã quatro anos atrás.

Quinta passou devagar. Meu pai dormiu praticamente o dia todo.

O voo era diurno e o tempo se arrastava enquanto a distância entre ela e o pai diminuía. Nunca gostou de voos diurnos, considerava-os ruins, mas agora era ótimo, era o que chegaria mais rápido. Ainda assim, o rápido tardava a passar, o dia escorria devagar dentro do avião. Devagar, devagar. A calma que às vezes a surpreendeu ao longo do trajeto do navio até ali desapareceu. Pediu um vinho ao comissário de bordo, depois outro. Do avião, não podia ter notícias. Como estava o pai naquele momento? Estaria vivo?

Assistiu ao filme do Freddie Mercury. Emocionava-se para além do filme. Depois outro, para tentar se distrair, não pensar em nada: uma comédia francesa sobre nado sincronizado masculino, mas o foco de um dos personagens era a relação com o pai, e ela se lembrava: o pai doente, a volta; e voltava então para o filme, como o pai fez a vida toda e ainda mais depois do câncer, quando passou a dizer, ao ir ao cinema, deixa eu esquecer que estou doente por duas horas, e assim ela também tentava se esquecer da doença do pai seguindo o próprio conselho dele, o que tornava impossível e ilógico esse esquecimento.

O tempo do voo transcorria e se igualava quilômetro a quilômetro ao tempo do Brasil, de São Paulo, do hospital, do quarto 1065, o tempo de dentro do coração do seu pai, que parecia, agora, bater uma contagem regressiva, feita de lembrança, de passado, e do aviso silencioso, a cada pulso, do fim. À mesma medida que os horários se igualavam, ela perdia horas, o relógio se antecipando para corrigir o fuso, e ela perdia horas, as poucas que ainda havia, ao lado do seu pai. Rápido, devagar, rápido, devagar, querendo do tempo cada hora que se comportasse de outro jeito.

O tempo que, indiferente, apenas passa.

Seu corpo não sabia se era tempo de almoço, jantar, dormir ou acordar, perdido entre as horas do mundo e a hora verdadeira que se aproximava. Tentou dormir; tentou escutar barulhos para meditação, ou de chuva, disponíveis no catálogo de estações da companhia aérea.

Nada.

Olhou pela janela.

O sol se punha, caindo para baixo das nuvens, colorindo-as de laranja, rosa, roxo, como se o dia, perto do fim, resplandecesse mais, se esforçasse por se mostrar mais, uma última vez, antes de morrer. Como no nascimento, pensou: no começo do dia e da vida cada gesto significa mais, significa a si mesmo e mais um pouco, significa continuidade, esperança, e a beleza que todas as coisas têm é um sinal disso. O começo e o fim do dia, o céu mais bonito.

Ela ansiava por chegar, mas ao mesmo tempo não ansiava, pois queria chegar a outro lugar, a outra realidade, em que o tempo à disposição do seu pai fosse muito, não tão escasso, quanto haveria?, meses?, dias?, ou será que apenas horas?

Ainda haveria?

No fim do dia, Jorge e Eder apareceram no hospital. Jorge bagunçava e alegrava o quarto; quando ele chegava, na maioria das vezes meu pai despertava, como se dormisse só seletivamente, como se estivesse em uma viagem voluntária e interior.

Jorge não ficou muito tempo, já estava tarde, Eder ainda teria de lhe dar janta e banho. Nesse dia, Benja estava com o pai e Tadeu, com a mãe. Nossa vida de pais de crianças de um primeiro casamento terminado sempre teve uma alternância movimentada de filhos, exceto Jorge, que está sempre conosco, desde que nasceu. Dá um beijo de tchau no vovô, Jorge, eu disse; e ele, do colo do Eder, se curvou em direção a Tuta, deitado no leito, e lhe deu um beijo na boca. Meu pai riu. Riu gostoso. Todos rimos.

Sua última gargalhada.

O avião, enfim, pousou, porque o tempo sempre passa, e a hora, ansiada ou não, sempre chega.

Chovia em São Paulo, e o trajeto de Guarulhos até o hospital era uma promessa de trânsito típico do fim da tarde na capital. Ao ligar o celular, descobriu que não havia notícias, e com a imagem da última chamada de vídeo ainda na cabeça, pressupôs que estava tudo bem. Escreveu para a família dizendo que passaria no guichê para comprar sua passagem para o Rio de Janeiro; pensava em voltar para casa na manhã seguinte, precisava tirar o carro do estacionamento, precisava resolver coisas por lá. Não, todos responderam: vem direto, vem direto. A irmã ligou: "Vem logo, papai dorme e acorda e dorme e quando acorda está te esperando, vem, não demora, desencana de ir pro Rio amanhã, o papai já não estava melhorando, né?", "mas eu falei com ele há dois dias, ele estava bem, estava lúcido", ela contestou, "ele está oscilando", a irmã disse, "às vezes lúcido, às vezes dormindo, e está piorando um pouquinho a cada dia, a cada hora", e ela então percebeu, na voz da irmã, a real dimensão do que estava acontecendo, de novo ou pela primeira vez, ou tanto faz, porque a cada vez que se percebe a iminência da morte, mesmo que seja uma repetição, é sempre uma primeira vez.

Entrou em um táxi carregando a mala, uma sacola de comidas que agora pesava demais e uma mistura de tristeza profunda, ansiedade e exaustão. Queria apenas chorar, chegar ou dormir. Fazia dias que estava em trânsito, e seu maior lugar de chegada, o pai, estava próximo de deixar de existir. A premência disso, a verdade disso, ela só ia apreendendo agora, a caminho do hospital, como se antes não pudesse arcar com o peso dessa verdade.

O celular tocou, era Tato, um amigo que estava morando em Berlim. Ele perdera o pai pouco mais de um ano antes.

Calma, ele dizia, é importante que você esteja calma, é importante que esteja bem para a passagem do seu pai, e ela assimilava, e respirava, sim, meu amigo, é importante que eu esteja tranquila e dê um jeito de estar bem diante do abismo.

Do lado de fora do hospital, ela encontrou o sobrinho de dois anos indo para casa com o pai. Serenos. A vitalidade feliz de uma criança. Abraçou-os com força, e Jorge havia acabado de beijar Tuta na boca e fazê-lo rir *mas ela não sabia disso ainda, só sabia do abraço, da pressa, do medo, e a identificação na recepção, o elevador, o corredor do hospital, as portas tão iguais a qualquer outra porta de hospital, e o silêncio, o instante em que*

ele estava acordado quando ela entrou no quarto, jogou as malas no chão, correu para a cama e o abraçou.

Eu olhava aquele abraço, a mãozinha do meu pai, dentro da tala, passada pelas costas da Gabi, ela com o tronco abaixado no leito, grudada a ele, e sentia como se estivesse dentro do abraço, dentro do amor, que se espalhava pelo quarto, pelo ar que a trouxera até nós, pela água que ela havia navegado para chegar, que se espalhava pelo mundo, por toda parte. Ela chegou a tempo. Ele a esperou, vivo, até que ela chegasse.

Nosso pai estava desperto, lúcido, tranquilo, Ga!, meu amor, meu amor, e ela o abraçava ainda, e ele a abraçava ainda, como se não quisessem se soltar, como se não pudessem, e ela dizia, para que só ele escutasse, te amo, te amo, e ele respondia, para que só ela, sua filha mais nova, escutasse, a última, que ignorou o DIU que nossa mãe usava ao ser concebida, te amo, te amo, te amo, que bom que você chegou, e era como se dissesse, que bom que você existe, e todos em volta chorávamos, chorávamos de alegria, de beleza, e também de tristeza, tudo junto, a vida inteira de cada pessoa ali, Gabi, Simon, eu, Lali, e principalmente a do meu pai, convergindo para aquele momento, o fim cheio de amor da vida cheia de amor do meu pai.

Depois de um século, Simon e eu nos aproximamos também, e os três o abraçamos, os filhos, os três filhos do meu pai, e depois Lali, que estava no sofá e preferiu não se aproximar, disse que aquela foi a cena mais linda que ela já presenciou na vida, e do lado de cá, eu digo que foi a mais intensa que já vivi, podendo dizer ao meu pai, você é maravilhoso, pai, eu te amo e você é simplesmente maravilhoso.

Estou chorando, a cabeça encostada na janela. Me esforço para não fazer barulho e não incomodar os passageiros ao meu lado, agora dois homens que aparentam viajar a trabalho, um deles lendo, o outro dormindo, o filme passando na tela da poltrona à sua frente sem espectador algum.

Agarrar-me à beleza daqueles momentos me tranquiliza um pouco. Um lugar ao qual sempre voltar, algo que flutua e me possibilita não mergulhar na dor do vazio ou no vazio da morte.

Olho para fora, para o céu claro, com poucas nuvens abaixo do avião. Consulto o relógio: ainda faltam quatro horas para eu encontrar meus filhos e Eder em Bucareste.

Não sei como aquele abraço se desfez; talvez não tenha se desfeito nunca e esteja acontecendo ainda, em alguma dimensão do universo, com outros pequenos momentos memoráveis, pequenos eternos momentos das pessoas que, juntas, ao longo do tempo, compõem a humanidade.

Mas na dimensão de dentro do quarto 1065, no tempo terreno de que cada um dispõe na vida, e que para meu pai estava chegando ao fim, perguntamos se ele gostaria de comer alguma das coisas que Gabi havia trazido de Paris; "é uma boa", ele disse, uma resposta tão dele, e ponderamos que as ovas de salmão seriam o mais propício para um corpo que já praticamente não conseguia se alimentar.

Gabi pegou a colher roubada do café do aeroporto, abriu o potinho das ovas de salmão mais caras do Charles de Gaulle, e começou a pôr delicadamente na boca do nosso pai as pequenas esferas alaranjadas, que ele saboreava, e gostava, e pedia mais, e disse: "pena que o Benja não tá aqui pra comer comigo", e eu senti um enorme pesar que Benja não estivesse, e disse "amanhã, pai", e ele, "será que vai haver amanhã?", arregalando as sobrancelhas, os olhos um pouquinho para o lado, a boca encolhida, ao que todos seguimos em silêncio, até que ele não quis mais comer, e disse para nós: "não me apaguem, tá bom?", querendo dizer para que não o deixássemos ser sedado, e se deitou, e disse que nos amava, e dormiu.

Já não me lembro se foi no dia seguinte ou alguns dias depois que, em casa, diante de mim, Benja comeu a metade que restou das ovas de salmão, também saboreando-as, como se compartilhando com o avô.

Guardamos até hoje, numa prateleira da cozinha, junto dos temperos, das coisas dos dias comuns, o potinho da última coisa que meu pai comeu.

Sexta-feira

Dormi no hospital com Gabi de quinta para sexta. Ela não queria de jeito nenhum sair do lado do Tuta; eu não queria deixá-la sozinha com ele, então ela dormiu no sofá-cama, e eu, na poltrona.

Boa noite, Pa, Gabi disse do sofá; ele seguiu em silêncio, respirando fundo, sem ouvi-la, diferente do que fazia nas tantas outras noites das internações anteriores em que ela dizia boa noite e ele respondia "boa noite, meu amor", com o errezinho de São Caetano no final, tão característico dele.

Mesmo passado o tempo, mesmo passados anos, ela ainda diz Boa noite, Pa, dentro da sua cabeça, antes de dormir, e ele ainda responde, boa noite, meu amor.

Ao longo da noite, ele não chegava a acordar, mas se inquietava, como se não achasse posição, parecia estar incomodado com algo, e despertávamos, Gabi e eu, e perguntávamos, Pa, tudo bem?, e ele não respondia, e logo depois aprofundava-se de novo no sono.

Na manhã seguinte, Martha chegou cedo. Logo me pus a contar como foi bonita a chegada da minha irmã na noite anterior, mas ela me interrompeu, a expressão dura, ele está sofrendo, Nati, chega. Senti o sangue subir ao meu rosto. Como assim? Ele está sem dor, está se despedindo, disse ontem para nós que não queria que o apagassem, mas Martha, que havia acabado de abraçá-lo e de estar bem perto dele, nos falou que tinha escutado "que horror, que horror, me apaguem".

Cheguei a cogitar que ela estivesse mentindo. Como assim?, pensei. Ele nos disse exatamente o oposto disso ontem!, eu respondi, e ela se irritou, e esbravejou, e nos acusou de estarmos sendo cruéis, e saiu do quarto, e eu, atônita, depois de ficar por algum tempo parada do lado de fora do quarto, sem saber o que fazer, resolvi ligar para o dr. Felipe. Eu precisaria descer para tomar um café; ali, perto da Martha, não seria possível dizer nada.

Nesse meio-tempo, chegou Julia, a psicóloga da equipe de cuidados paliativos. Contei rapidamente o que estava acontecendo, que para mim e meus irmãos meu pai dissera que não queria ser sedado, e para Martha, o oposto, e que Martha tinha nos acusado de estarmos sendo cruéis, e que eu estava sentindo raiva dela, e que não queria estar sentindo nem passando por nada daquilo naquele momento. Contei para ela e para mim, tentando organizar os fatos e as ideias.

Vista de hoje, depois de tanto tempo, essa intriga soa tão pequena e insignificante. Na hora, pareceu enorme. Havia algo muito mais importante em curso, Tuta estava morrendo, mas aquela divergência exigia bastante de nós. Era como se precisássemos, talvez, de um desvio, de um problema mundano, como se precisássemos somente de algo com que soubéssemos lidar, ou, ainda que não soubéssemos, algo cuja não solução coubesse no rumo cotidiano da nossa vida. Ou então era como se precisássemos ter ou agir como se tivéssemos algum poder sobre a vida do Tuta, algum poder sobre sua morte.

Julia nos pediu licença, pediu que a deixassem sozinha com ele, e ficamos na porta do quarto 1065, Gabi, Martha, eu.

Ele está ambivalente, concluiu Julia diante de nós depois do tempo que passou com meu pai no quarto, que me pareceu horas, enquanto esperávamos ansiosas do lado de fora como se por alguém que fosse nascer, mas ao contrário.

Como minha irmã no seu voo para São Paulo, não consigo dormir. Olho pela janela e deixo o pensamento vagar pelo dia claro e o céu sem nuvens, puro azul.

O céu: quando meu pai já estava doente, costumávamos almoçar num restaurante perto da casa dele aos domingos. Aquela ritualização do almoço que se repetia nos dava a impressão de que a morte, de alguma maneira, nunca chegaria; como se estivéssemos conseguindo enganá-la, e a rotina e o apego à rotina talvez sejam sempre isto, afinal de contas: a tentativa não de lidar com o fim, mas de pretender que ele não exista. Saindo de um desses almoços, Jorge ganhou um balão amarelo daqueles cheios de gás hélio. Segurava-o firme na mãozinha, enquanto ia no colo do meu pai, que a essa altura ainda tinha força suficiente para carregá-lo. De repente, a mãozinha sem querer soltou o fio que segurava o balão, que subiu. Subiu, subiu, subiu, e ambos, meu pai e meu filho, o olhavam diminuir em direção ao céu, as cabeças inclinadas para trás, voltadas para o alto, e o ponto amarelo diminuindo até desaparecer por completo na atmosfera. Jorge não chorou; meu pai espalmou uma mão para o lado e inclinou um pouco o rosto: é assim.

Mudo de posição. O homem que dormia agora assiste a um filme qualquer na tela da poltrona da frente. Penso nos meus filhos, depois de consultar o relógio automaticamente e calcular, também sem pensar, se Benja já teria terminado a primeira prova da olimpíada de matemática de que participava, o motivo da nossa viagem. Suspiro, me acomodo na poltrona de novo.

Os comissários de bordo servem bebidas. Não gosto de café de avião, mas me vejo pedindo "*a coffee, please*".

Martha voltou para o quarto, Tuta voltou a dormir, desci com Gabi para um café. Eu estava de frente para a porta do hospital, sentada no restaurante do saguão principal, e vi quando Simon chegou, o semblante cansado, como se também não tivesse conseguido pregar os olhos.

Vou ligar pro Felipe ali num canto, não comenta com o Simon sobre o desentendimento com a Martha, sugeri a Gabi. Eu não queria que a relação já historicamente frágil corresse o risco de estremecer de novo naquele momento.

Eu me dirigi para o pequeno corredor que havia perto de uns elevadores que só atendiam a andares e demandas específicas e, meio escondida, telefonei. Ele atendeu logo, eu expliquei a situação, e disse que na verdade Julia já tinha conversado conosco, mas que achei melhor falar com ele mesmo assim, atrás de qualquer apaziguamento. O mundo parecia organizado em círculos concêntricos, e o centro de todos esses círculos era meu pai, e quanto mais longe dele estivéssemos, mais angústia e tristeza sentíamos; do lado dele, sentíamos paz. Por isso me incomodou tanto o desentendimento: era como se o centro de paz que era meu pai tivesse sido profanado por nós, pelas nossas picuinhas. Há algo sagrado diante da morte.

Quando subimos os três, Paulinha havia chegado, e estava no sofá, ao lado da Martha. Tuta dormia profundamente, e lá ficamos, em silêncio, esperando.

De repente, Tuta acordou. E de repente nos postamos todos à sua volta, sentados na cama junto com ele, ou debruçados para estar perto. Martha, Simon, eu, Gabi, Paulinha. A família do meu pai. Meus amores, meus amores, ele disse. Fiquem sempre juntos. E sorríamos em vez de chorar, abraçados todos, e Paulinha disse: prometo que vou torcer pro Corinthians, e todos riram, ela não tinha um time ou às vezes torcia para o São Paulo, e meu pai disse que nos amava, e meu irmão disse, brincando, a gente sabe, pai, e sabe que você ama um pouco mais a Gabi, mas tudo bem, e meu pai, carinhoso, vai se foder, Simon, e ríamos mais, e eu me lembrei da cena final de *O quarto branco*, da morte do pai de Glória, lembrei-me da família dela cantando uma música, e propus que cantássemos uma música, qual?, o hino do Corinthians, alguém disse, e começamos a cantar, e meu pai falou que queria ter um gravador para poder levar aquilo com ele, e eu disse que estaríamos juntos, que ele estaria sempre conosco, e ele perguntou se Paulinha também estava cantando, já que agora também era corinthiana, e ela riu e todos rimos de novo e estávamos felizes e tristes e aquele amor que sentíamos era a vida do meu pai, e ele disse ao Simon que parasse de fumar, que se cuidasse, que ficasse tranquilo, recomendou que continuássemos juntos, e era a única coisa que pedia, e para mim ele não disse nada, o que interpretei como um jeito de ele dizer que se orgulhava das escolhas que eu tinha feito na vida, e nos abraçamos de novo, e mais, e para sempre, e então ele disse que queria dormir, que queria tomar alguma medicação contínua que o fizesse dormir, como se estivesse só esperando aquele momento, aquela despedida, para poder morrer.

O dr. Felipe chegou pouco tempo depois e prescreveu Dormonid ao meu pai. Disse que voltaria ainda ao longo do dia, talvez a dose da medicação precisasse de alguns ajustes.

Saí do hospital e fui pegar Benja e Jorge na escola. Eder estava programado para buscá-los, mas eu disse que não fosse, que eu mesma queria ir. Precisava do abraço dos meus filhos; e eu, que tantas vezes, por exaustão, ou me lamentando pelas tantas restrições bem práticas que ser mãe me exigia, ou ainda em momentos de irritação ou reflexão profunda, questionei se ser mãe tinha sido uma escolha acertada, naqueles dias, quando estava com meus filhos no colo, ou quando chegava cansada do hospital e tinha de dar comida e banho e cuidar deles, percebia que sim, cuidar deles era um norte, ainda que me desgastasse, e o abraço deles, uma força minha que havia do lado de fora de mim.

Voltei para o hospital de tarde. Tuta ainda se inquietou um pouco, não chegava a acordar, mas se mexia como se estivesse incomodado com algo, e ao longo das horas, como prometido, Felipe passou algumas vezes, ajustando o Dormonid, então, quando fui embora de noite, um pouco receosa de deixar Gabi sozinha, embora ela insistisse que estava tudo bem, meu pai dormia profunda e tranquilamente.

O médico havia explicado que ela deveria ficar atenta à respiração, que poderia acelerar, e depois se acalmar, e ficar um tempo em pausa, e ao rosto, para ver se havia algum sinal de dor, alguma contração da testa, da boca. Ela ficava então quietinha, ao lado do leito do pai, escutando sua respiração, e de tempos em tempos se levantava, e fazia carinho nele, observando o rosto, que estava sempre tranquilo, sem sinal algum de dor, sereno, plácido. Reparava que ele suava muito, deixando o travesseiro ensopado, chegava a pingar, fazia poças no lençol, ela chamava a enfermagem para que trocasse o travesseiro, pegava o spray de saliva artificial e umidificava a boca dele, que respirava aberta, e fazia de novo carinho, e voltava a se sentar, ou se deitar, até que adormeceu. Acordava algumas vezes, reparava no pai, que seguia dormindo, do mesmo jeito, tranquilo, e se postava ao lado dele e via que estava suando muito, como uma enxurrada, e o acariciava e depois voltava a se deitar e a dormir, e não chorava, a calma do pai era também a dela, e a noite passou, e amanheceu, e trouxeram o café da manhã, só para o acompanhante, e ela não conseguiu comer, apenas tomou o suco, e a enfermagem veio para dizer que iria dar banho nele, que talvez ele pudesse sentir um pouco de desconforto, e ela se pôs de novo ao lado dele, queria ver se ele se incomodava ou não, e enquanto as duas auxiliares de enfermagem davam banho, passavam em sua pele fina um pano úmido, ela pousava a mão com delicadeza na cabeça do pai, e elas o viravam para limpar outras regiões do corpo, e ele abria um pouco os olhos, bem pouco, mas não parecia estar acordado, ela não se sentia vista por ele, e abaixou ao lado do seu ouvido e disse estou aqui, é a Ga, é a Ga, pode ficar tranquilo, a gente está só te dando um banho para você ficar limpinho, e então no meio do banho apareceu no quarto um funcionário da copa, perguntando o que ela iria querer almoçar, e ela precisava assinar o papel, e saiu do lado do pai e assinou o papel e disse só sopa só vou querer sopa e voltou para o mesmo lugar e as auxiliares continuavam o banho e prestou atenção na respiração que não vinha mas o médico tinha dito que poderia haver pausas que poderia haver momentos de longa pausa e ela ficou esperando a próxima respiração enquanto a enfermagem passava no corpo o pano e a respiração não vinha a próxima respiração não vinha e não veio a próxima respiração não veio nunca mais porque o pai dela havia, enfim, parado de respirar.

Eu estava pondo créditos no bilhete único no terminal eletrônico do metrô quando o telefone tocou. O visor mostrava que era Gabi.

Encosto a cabeça na janela do avião. Começa a anoitecer. Tenho sono. Lembro-me da Gabi me contando, depois, meses depois, que foi ela quem fechou os olhos dele; e que ficou olhando a enfermagem continuar o banho se perguntando se elas não tinham percebido que já não era nosso pai, era apenas o corpo dele. A morte. Como se nasce? Como se morre? Como é que um tumor, uma massa que cresce, como é que é isso que vai acabar com o tempo que tínhamos com ele? Morrer, e então ele é memória, ele é o tempo que tivemos, e é também o que seremos, nós, seus filhos, e seus netos, e as palavras que escreveu e que alguém em algum canto lerá, e as que disse e ressoarão na lembrança de alguém, e a Gabi falou então que sentiu culpa por não estar do lado dele exatamente na hora da morte, e eu respondi, você precisava sair do lado dele para que ele pudesse partir, ele jamais conseguiria ir com você ali do lado.

De repente me vi em uma casa enorme, as paredes todas de vidro, árvores cheias em volta, e meu pai veio e me deu um abraço e disse que estava precisando muito daquele abraço, e eu respondia, imagina, pai, quem precisava muito desse abraço era eu.

Acordei com a sensação do abraço e a voz do piloto dizendo para levantar o encosto da poltrona e afivelar os cintos, estávamos prestes a pousar no aeroporto de Bucareste.

Terceira parte

Nós, judeus, não somos muito bons nessa aristocrática ocupação que é buscar ascendentes nas brumas do passado. Nossa árvore genealógica é sempre mirrada; um arbusto, como aquela sarça — verdade que ardente — da qual Deus falou a Moisés.

Moacyr Scliar

Quando aterrisso em Iași, a uma hora de voo de Bucareste, atrasada para a eliminatória inicial das olimpíadas de matemática, a justificativa primeira da minha ida já não se sustentava mais: Benjamim não tinha passado de fase. Era sabido que eu chegaria depois, isso foi conversado, ponderado, decidido; eu, mais que meu próprio filho, queria estar lá para a competição, mas ele insistiu que não era necessário, e Eder, como de costume, se propôs a dar conta de todos os cuidados com Jorge e Benja enquanto eu resolvesse um a um os compromissos de trabalho em São Paulo para só então encontrá-los. Tadeu permaneceu no Brasil com a mãe.

Fico sabendo da notícia logo ao conseguir um sinal de internet no aeroporto. Quando chego ao pequeno apartamento alugado no centro daquela cidade na qual, não fosse essa circunstância, jamais pisaríamos, Benja está chorando. Eder abre a porta e seu rosto me explica sem palavras, com uma compressão da boca e um arregalar ao mesmo tempo preocupado e resignado de olhos, que ele já havia feito o que estava ao seu alcance para consolá-lo. Deixo a mala vermelha no piso de madeira, largo minha bolsa no espaço que resta em cima de uma mesa onde desenhos e rabiscos feitos pelo Jorge disputam lugar com a louça suja da refeição anterior, afasto com esforço considerável a irritação com a bagunça misturada ao cansaço pela longa viagem São Paulo — Paris, Paris — Bucareste, Bucareste — Iași, e me dirijo ao quarto em que estão instaladas as crianças como se aquele pequeno percurso pelo corredor desconhecido, cheio de fotografias em preto e branco penduradas nas paredes, correspondesse a mais um atraso de voo.

Aproximo-me da cama em que Benja está deitado de bruços, a cabeça mergulhada no travesseiro, e ele vira o rosto para mim, suspendendo o choro por um instante para retomá-lo mais forte em seguida. Aproximo meu tronco das suas costas, imaginando que se sentisse, mais que triste por não passar das primeiras eliminatórias, culpado por mobilizar a família inteira para uma viagem cujo objetivo principal não fora cumprido, e só então percebo agudamente a falta que me faziam eles todos pelos dias em que estivemos longe. Acaricio sua cabeça, cheiro seus cabelos úmidos de suor, e noto que eu mesma estou com calor naquele quarto fechado para o ar fresco de fora no fim da tarde de verão. Arregaço as mangas da camisa enquanto observo a respiração convulsa do meu filho se acalmar um pouco. Benja, meu amor, digo a ele, com a mão nas suas costas. Ele se senta e olha para mim, um olhar molhado que pede, que pergunta, que procura se justificar. Está tudo bem, está tudo bem, eu digo com sinceridade. Sabe que encontrei por acaso no aeroporto o último médico do vovô Tutu?, eu conto, mais que para mudar de assunto, obedecendo a uma pressa genuína para dizer.

Ele se acalma um pouco, ainda soluçando de leve, vez ou outra. Explico que sempre há motivos ocultos maiores por trás dos que aparentemente nos fazem tomar cada decisão, mesmo as pequenas. Motivos que, mais que descobrir, precisamos inventar. Ele se senta na cama, o rosto vermelho pelo esforço do choro, muito sutilmente sorri e me abraça, começando de novo a chorar. É assim a vida, Benja, é assim que a vivemos, continuo, inventando motivos por trás das coisas, inventando nossa própria história.

Avisto Eder no umbral da porta, sinalizo que está tudo sob controle e digo em voz alta de novo que está tudo bem.

Está tudo bem, meu filho.

* * *

A passagem de volta ao Brasil está marcada para daqui a uma semana, partindo de Bucareste; temos um voo de uma hora de Iași até lá dois dias antes do retorno. Iași não é uma cidade tão pequena, é a segunda maior da Romênia, atrás apenas da capital, e tem seus interesses para um viajante: dois monastérios antigos, um imenso palácio de cultura, um centro velho bem próximo à casa onde estamos hospedados. Os meninos ainda não conheceram nada disso, estavam me esperando chegar, e, depois da janta, abrindo espaço na bagunça da mesa, faço anotações em um caderno sobre os lugares que podemos visitar, com os horários e roteiros que pesquiso rapidamente na internet pelo celular.

Apesar da exaustão, ou talvez por causa dela, demoro a adormecer. Eder já ressona ao meu lado; não escuto a respiração dos meninos no quarto ao lado, mas consigo sentir sua presença, como se imprimisse mais densidade ao ar do apartamento.

Benjamim acabou se acalmando, mas se manteve triste até pegar no sono. Imagino a contração dolorosa no seu peito de menino, noto no meu a culpa por ter permitido que ele se submetesse tão novo a uma competição tão grande, ainda que ela não tivesse significado algum para nós — e talvez por isso eu tenha dado a permissão, mas me esqueci de incluir no cálculo simplesmente o elemento mais importante: o impacto que aquilo poderia ter nele.

Eu me viro de lado na cama. E se eu tivesse chegado antes? E se tivesse vindo junto, teria sido menos difícil? Minha presença o teria tranquilizado, provavelmente, mas será que a ponto de ele ter se saído melhor?

As conversas de meses atrás sobre a viagem me voltam à cabeça. Há algo além das palavras, porém, há algo além dos meus compromissos de trabalho, dos pacientes, das apresentações. O cansaço começa a pesar nas minhas pálpebras, mas há algo que preciso entender antes de dormir. O céu do avião, as fotos no corredor do apartamento, as cores que faltam nelas e que preenchem esse começo de sono, o lugar entre a vigília e o sonho, mar, vidro, palavras que não se conectam pelo sentido. Desperto de repente, e então percebo que cheguei a adormecer: família. Deixei que eles viessem antes, eu quis que Eder trouxesse nosso filho e o meu para que fosse exercida uma garantia de sermos uma família, um grupo coeso que existe e funciona mesmo que um dos seus elementos se ausente, uma união de pessoas que é mais que a mera soma dos seus membros, ligada não pelo sangue ou pelos genes, mas por compartilharmos o presente em milhares de dias passados juntos, com frases e gestos, uma quantidade sem fim de experiências em comum sem marcas conscientes.

Não considero uma viagem o cumprimento de um roteiro, assinalar as atrações como se vê-las fosse conhecê-las. Gosto de ir a um restaurante pela segunda vez, sentir a familiaridade da mesma mesa num lugar que havia pouco me era estranho, como se assim estivesse me apropriando do que nunca será meu. Gosto de me sentir confortável na intimidade sutil, frágil, que então se instaura, é assim que posso dizer que passo a conhecer os lugares, justamente nos intervalos e brechas entre o que se costuma chamar de pontos turísticos, pedras por onde o rio da viagem passa. Mas, até hoje, viajar dessa forma sempre foi associado a viajar sozinha, nunca com minha família, com meus filhos, crianças, com gostos e necessidades específicas, horário para comer, tomar banho, dormir, e então viajar com eles era de certa forma não viajar completamente, levar um pouco da casa junto, ou pelo menos algo da sua rotina. Ultrapassar um pouco a hora do almoço, pular o banho, ignorar que o relógio mostra nove da noite quando o céu ainda está claro; tudo isso exige sempre um átimo de esforço em uma viagem com meus filhos, como se as férias tivessem sempre algo de concessão, e como se meu papel de cuidar deles naturalmente antecedesse a possibilidade de me divertir e relaxar com eles. Por isso, talvez, eu hesite em me juntar ao Jorge, que se deita com os braços atrás da cabeça e os joelhos dobrados, miniatura de um adulto que descansa, no gramado ensolarado do Golia, monastério que faz jus ao nome de gigante, ainda que a alcunha se deva ao boiardo que o construiu, e não ao personagem bíblico que foi morto por Davi. E também por desconfiar que não seja mesmo permitido se deitar ali, o que rapidamente se confirma quando um guarda nos diz palavras de conteúdo incompreensível e tom mais que claro.

Nós dois nos levantamos rapidamente e nos juntamos a Eder e Benjamim, que conversavam diante de uma das torres, diante do que parecia ser a raiz da construção, incrustada no chão. O sol poente ilumina as pedras que se empilham em várias nuances de marrom e tamanhos diferentes, como se, já na construção, pessoas de alturas e capacidades distintas tivessem encaixado cada uma delas, ou como se o tempo as tivesse desgastado irregularmente com o correr dos séculos, depois que foram dispostas exatamente ali por volta de 1650. Como seriam as pessoas que encaixaram essas pedras? O passado dá a elas um caráter mítico, como se fossem constituídas de matéria diferente de nós, que hoje habitamos a Terra, os seres do presente.

Até não muito tempo atrás, eu achava que os romenos eram meus ancestrais, pois cresci achando que meu avô, pai do meu pai, era da Romênia, o que não chega a ser um equívoco: na década de 1920, quando meus avós vieram, cada um por sua vez, sem se conhecerem, ainda crianças para o Brasil, o que hoje é a Moldova ainda era território romeno. Experimentei mergulhar um pouco nessa instabilidade de origem diante das pedras

— se meu avô fosse mesmo romeno, e não moldavo, ou se fosse qualquer uma dessas coisas e não judeu, teria algum meu parente longínquo trabalhado na construção? —, mesmo que a pergunta não fizesse sentido, mesmo que pergunta nenhuma sobre o passado faça sentido.

Da cama, ofegante, escuto o barulho da água correndo no banheiro. Logo as vozes abafadas dos meninos se juntam ao som, eles acordaram; me levanto, me visto, abraço Eder quando cruzo com ele na soleira da porta.

Ontem discutimos, uma discussão boba, a sugestão de um jeito diferente de guardar a roupa do Jorge no armário velho da casa, um tom de voz mais ríspido, o cansaço, o ajuste dos fusos que parece não acontecer só em cada corpo, mas também em cada casal que se encontra depois de um tempo, mesmo que curto, vivendo em horários diferentes.

Muitas vezes, ao longo do nosso casamento, eu me perguntei o que levou ao nosso encontro. Uma pergunta ingênua, que supõe ocultamente haver uma causa ou um roteiro a ser seguido, já que somos pessoas tão diferentes, Eder e eu, de origens tão diferentes, classes sociais diferentes, mundos diferentes; uma pergunta ingênua, que considera a existência de algo que controla nossos passos ou caminhos; que considera a existência de algo como Deus. Não lembro sequer quando deixei de acreditar em Deus, mas sei que jamais pensei em me casar com um homem judeu, me casar com alguém porque fosse judeu. Soa tão antiquado, eu não pensava nem em me casar, e no entanto meus irmãos e eu somos a primeira geração a romper com essa tradição, a do casamento dentro do judaísmo, pois nossos pais, avós, bisavós e, claro, todos os que vieram antes deles, sempre se casaram entre judeus.

Curioso é que Eder não seja judeu, mas saiba da religião muito mais que eu, provavelmente por ser historiador. A bíblia é poderosa, afinal, justamente por confundir mito e história. É Eder quem nos conta, na saída do monastério, sobre Golias e Davi, como tantas vezes me esclarece sobre temas diversos como se tivesse acabado de estudá-los; se um matou o outro de fato não se sabe, mas Davi chegou, sim, a ser rei de Israel.

Eder gosta tanto do judaísmo que por vezes suspeito que tenha sido o oposto: que ele tenha seguido comigo vida afora por eu ser judia. Ele já chegou a aprender hebraico, tem um conhecimento quase enciclopédico de vários mitos judaicos e se interessa pela história e pela origem da minha família muito mais que eu. Não me surpreendo, então, quando, na mesa do restaurante onde jantamos, ao planejarmos o que fazer nos próximos dias, ele me pergunta, com a avidez de um convite que sabe que será aceito, se não são aqui por perto as cidades onde nasceram meus avós.

Quando Fani, a mãe do meu pai, ficou doente, nós, seus dezesseis netos, nos revezávamos para dormir com ela na sua casa. Não foi um processo tão intenso quanto o de acompanhar a morte do meu pai, nem de perto chegou a ser tão doloroso, provavelmente porque era natural para uma neta perder sua avó. Ela havia recebido o diagnóstico de leucemia alguns anos antes, mas o câncer tinha se agudizado recentemente e ela estava mais fraca, exigia cuidados, ia e voltava do hospital.

Em uma dessas noites em que dormi em um colchão ao lado da sua cama de solteira, perguntei onde nasceram ela e meu avô Jacob, que não cheguei a conhecer. Foi a primeira e única vez que falamos disso, e ela não contou quase nada, e eu não sabia mesmo muito o que perguntar, apenas intuía que sua doença em breve me tiraria a possibilidade de perguntar a minha avó o que quer que fosse. Fani me disse como se chamavam as cidades, ou melhor, vilarejos, e eu anotei em um caderno, mas demorou muito para que eu decorasse aqueles nomes. Eu os confundia, trocava a região de origem da minha avó pela do meu avô, trocava os países, achava que minha avó era da Romênia, quando na verdade me referia à região onde nascera meu avô, hoje na Moldova, que eu nem sabia ser um país, nem sabia sequer existir. Tive de repetir inúmeras vezes para mim mesma o nome das cidades, de onde veio cada um, como se fossem informações que meu corpo se recusava a absorver, perdidas nos meandros da história da minha família, no seu percurso de desterro que eu, por ser tão assimilada ao Brasil, não consigo sequer reconhecer.

Ainda que eu tivesse perguntado para a minha avó sua origem, não me interessava especificamente pelo assunto, pela região de nascimento dos meus ancestrais, como e por que eles haviam imigrado para o Brasil, mas depois da morte do meu pai, quando acabou vindo para minha casa um quadro de porta-retratos em preto e branco com os rostos daqueles que me precederam e que até hoje não sei nomear — não muito diferentes, aliás, olhando de longe, das fotografias no corredor do apartamento em Iaşi —, aquilo começou a me intrigar.

Não. Na verdade, comecei a me interessar pela minha origem quando percebi que já não podia mais perguntar sobre isso para os meus pais. Havia outros meios de descobrir — perguntar aos meus tios, talvez aos primos, procurar bibliografia sobre a época, registros —, mas o conhecimento que eles mesmos tinham, o que exatamente meu pai e minha mãe haviam obtido de informações perguntando aos seus próprios pais sobre a chegada deles ao Brasil vindos do Leste Europeu, todos na mesma época, eu não tinha mais como saber.

Provavelmente não era muito. Não se falava disso, minha avó Fani não gostava de falar sobre sua vinda, ainda bebê, para o Brasil, e segundo meus tios, tampouco gostava a avó deles, minha bisavó Ida, mãe da Fani. Por que é que você quer saber sobre isso?, não tenho nada para contar, ela costumava responder com irritação.

Shargorod, Szarogrod. Brichon, Briceni, Britchon, Brichany. Muitos nomes para os mesmos lugares, as cidades, ou vilarejos, onde nasceram meus avós paternos. No caso de Briceni, de onde vem meu avô, cada nome, cada grafia, cada pronúncia remete a uma ocupação diferente: romeno, cirílico moldovo, iídiche, russo, ucraniano. Ambos os lugares situados no Pale, palavra que vem do francês arcaico e significa demarcar, fincar uma estaca, o Pale of Settlement, Território de Assentamento, região entre o mar Báltico e o mar Negro estabelecida entre 1795 e 1835 como o lugar onde os judeus que viviam ali tinham permissão de morar.

Permissão para morar. Não pratico a religião judaica, não acredito no seu Deus vingativo e rancoroso, mas porto algum orgulho, fácil de reconhecer mas difícil de confessar, de ser judia, de ter uma família judia, não sei exatamente por que motivo, talvez por admirar intelectualmente inúmeros escritores e pensadores judeus. Nunca sofri antissemitismo, jamais fui impedida de nada por ser considerada judia, nem sequer penso muito sobre isso (nem quando preciso atravessar um detector de metais ao entrar em algum estabelecimento judaico como museu ou sinagoga), então preciso fazer um esforço de imaginação para entender o que meus bisavós passaram e os fez migrar. Provavelmente devo a eles e a todos os outros judeus que vieram antes de mim, que sofreram ou morreram ou conseguiram sobreviver, o conforto de existir sem ameaças por ser o que sou. Por nem sequer precisar pensar nisso.

Tanto eu quanto Eder às vezes interrompemos nossa leitura da vez para ler em voz alta trechos que achamos que vão interessar ao outro. Se estou com pressa, com prazo para terminar algum livro, até evito isso, porque sei que virá uma conversa muitas vezes longa. Um dia ele leu alguns trechos de uma notícia sobre a ascensão recente do antissemitismo e do neonazismo no Brasil. Estávamos almoçando, tínhamos bebido um pouco, falamos do desgoverno, do retrocesso, e eu disse que não me lembrava de haver sofrido antissemitismo na vida. Ele se surpreendeu, mas não foi difícil chegarmos à conclusão de que não sofro e não sofri ameaça alguma porque sou branca, assim como a maioria dos judeus. Fui protegida do antissemitismo no Brasil pelo racismo antinegro. Eu tinha lido *O mal-estar na civilização* fazia pouco tempo, havia comentado com o Eder sobre a grande sacada de Freud de que há, para cada sociedade, a necessidade de um inimigo (muitas vezes imaginário) em torno do qual essa sociedade chega a se organizar, e concluímos, no conforto da mesa de almoço, que o "inimigo" já estava estabelecido no Brasil quando os judeus começaram a chegar: o outro por excelência eram os negros. A mim, branca, de olhos claros, judia, mesmo que pairem essas ameaças, jamais faltaram oportunidades por causa da minha raça.

Não só as cidades na história da minha família têm mais de um nome. Meus bisavós, meus avós, quase todos os judeus que emigraram do Pale a partir de 1881, quando se intensificaram os pogroms que já aconteciam desde antes, mudaram seus nomes para outros que soavam mais próximos da língua do país a que chegavam. Era uma partida tão definitiva, uma chegada tão definitiva, que passava pela identidade, ainda que algo dela ficasse preservado, pelo menos nas rezas, pelo menos dentro da comunidade judaica, porque o nome que mais importava para um judeu era o nome em hebraico. Deixar o próprio nome para trás, ser chamada de outra forma, reconhecer-se de outra maneira, tudo isso talvez tenha um peso diferente agora, desde onde olho para o passado: outro nome, outra possibilidade de si. Fazer parte do lugar a que se chega, ainda que portando um registro de estrangeiro; defender-se do perigo de ser quem se é. Aprender a língua. Deixar a origem para trás.

As modificações por que passavam os sobrenomes davam origem a diferentes ramos de parentesco. Timerman, por exemplo, é uma das transliterações possíveis para a denominação que começa com a letra Tzi, no alfabeto hebraico, de onde vieram também os Zimerman, Cimerman, Tzimerman, Zimmerman, todos possivelmente meus primos distantes (adoro imaginar que sou parente de Robert Zimmerman, mais conhecido como Bob Dylan), com nomes suscetíveis à escolha familiar de mudança e também a outras aleatórias que dependiam simplesmente do atendente do cartório.

Passei anos achando que essa confusão de nomes era resultado de um descuido que desagradaria completamente aos judeus, impedindo-os de estabelecer sua árvore genealógica, de carregar na certidão a denominação exata que os comungaria com suas famílias, mas soube pouco tempo atrás que as coisas não eram bem assim. Grafias diferentes ajudavam a burlar impostos e driblar convocações para o exército, enquanto o nome que valia, o nome religioso, continuava intacto, preservado, corrente nas rezas, nos nascimentos e nas mortes, como quando rezei pela elevação da alma do meu pai com seu nome em hebraico na Shivá.

E não só os sobrenomes mudavam conforme migravam os judeus. Mudavam ou eram traduzidos também e principalmente os primeiros nomes, de uso cotidiano. Peyssia e Ita-Riva, meus bisavós pais da minha avó paterna, viraram Pascoal e Ida. A vovó Ida eu conheci, bem velhinha. Lembro-me dos óculos de lentes grossas que ela usava, lembro-me dela sentada, de vestido, lembro-me da claridade da sala em sua casa. Mais nada. Feyga, minha avó, virou Fani. Jacob, meu avô, era Isaac. Do outro lado da minha família, do lado materno, vindos da Lituânia, que também fazia parte do Pale, minha avó

Macha virou Martha; Berelis virou Bernardo; Ioels, nosso sobrenome, foi abrasileirado para Joelsas.

Até meu pai morrer, não tinha sequer percebido que não conseguia completar os nomes por trás do quadro de fotos dos meus ancestrais, que herdei do meu pai junto com a dor pela sua morte; como se essa dor instaurasse também o interesse que eu nunca havia tido; como se saber da história da minha família pudesse, de alguma forma, preencher seu buraco.

Em 1893, ano em que nasceram Peyssia e Ita-Riva — meus bisavós, os avós do meu pai —, os judeus do Império Russo, depois de muitas expulsões da Europa Ocidental e Central, de migrarem então para o Leste, eram a maioria dos judeus do mundo. No Império Russo, ficavam obrigatoriamente circunscritos ao Pale, e não vivendo apenas sob essa, mas sob diversas outras restrições. Eram proibidos de ingressar em universidades, só podiam se dedicar a determinadas atividades e não se permitia que possuíssem terras para cultivar, motivo pelo qual continuaram a se engajar nas atividades de comércio das quais já eram adeptos desde a Idade Média, quando provavelmente se originou, no imaginário do mundo, a ideia que vige até hoje de que os judeus, além de bons negociantes, são avaros e pães-duros. Em 1882, um ano antes do nascimento dos meus bisavós, quinhentos mil judeus do Pale que ainda viviam no campo foram obrigados a deixá-lo para as cidades.

Mas o pior de tudo eram os pogroms.

Li, em uma biografia de Clarice Lispector, que a mãe dela contraiu sífilis ao ser estuprada em um desses ataques, doença que acabou por levá-la à morte já no Brasil, para onde a família Lispector veio cinco anos antes da minha. Tchetchelnik, cidade de origem de Clarice, fica na Podólia, assim como Shargorod. A primeira vez que comecei a ler a biografia, eu, que grifo compulsivamente os livros que leio, deixei quase em branco a descrição das condições da sua família antes e logo depois do seu nascimento, o que considero uma prova do desinteresse com relação a tudo isso que regeu minha vida até bem pouco tempo atrás. Voltei ao livro recentemente, buscando nele não a história da origem de Clarice Lispector, mas a da minha família. Agora está todo grifado.

Foi nesse livro que li pela primeira vez a descrição de um pogrom, um ataque perpetrado por aldeões que acontecia de tempos em tempos e era uma ameaça que pairava. Depois, cheguei um pouco mais perto de conseguir visualizar aquele horror e como ele afetava cada indivíduo lendo *Contos de Odessa*, de Isaac Bábel (a imagem do menino sujo do sangue de seus passarinhos mortos me vem logo à cabeça). Havia invasões seriadas às casas, que iam, cada uma, destruindo, saqueando e incendiando o que restava da anterior; homens, mulheres e crianças eram violados e assassinados dentro das suas próprias moradias, nas suas próprias ruas, pelo simples fato de serem judeus.

A biografia diz que o pior pogrom aconteceu entre 1918 e 1921, provavelmente o que a família Lispector sofreu. Estranho a informação quando a releio, pois nesse momento, depois da Revolução de 1917, o Pale já não existia e os tenebrosos ataques já não eram incentivados pelo governo.

Nunca fui muito ligada em História, então estranho também me perceber intrigada com um desajuste de informações sobre algo que aconteceu há tanto tempo, mas não estou estudando fatos históricos, estou tentando entender, afinal, por que meus bisavós deixaram os lugares onde viviam e vieram para o Brasil. Imagino, então, tentando preencher lacunas, que se o pior pogrom aconteceu nos anos pós-Revolução Bolchevique, isso possivelmente se deve ao fato de que foram anos de miséria e fome generalizada, acrescentando-se que um antissemitismo tão arraigado não se desfaz de uma hora para outra.

Em 1921, para piorar a situação depois da participação russa na Primeira Guerra Mundial, uma guerra civil e uma revolução, houve na região uma seca sem precedentes, com tempestades de areia e nuvens de gafanhotos arrasando as plantações — um cataclisma quase bíblico. Havia até canibalismo, era um cenário de horror não apenas para os judeus, mas que com certeza piorava também a situação deles, dentre os quais meus bisavós.

Além da penúria, além das dificuldades cotidianas de garantir o que comer — minha bisavó cozinhava cascas de batata como refeição principal —, havia, então, essa ameaça constante de ataque, ainda que os anos 1920, sob Lênin, tenham visto o incentivo à publicação de livros e jornais em iídiche e a fundação do primeiro grande teatro hebreu, o Habima. Mas o que se permitia nos primeiros anos da Revolução Russa era a cultura judaica, e não a religião judaica, abolida como todas as outras. Talvez tenha sido por isso, além da busca por condições melhores de vida, que tantos judeus continuaram migrando no período entreguerras. Ainda não havia como ficar; nem haveria depois.

Ou meus bisavós, quando decidiram deixar em 1926 o que hoje é a Ucrânia, talvez tenham simplesmente seguido com o que havia sido a tradição judaica até então: de tempos em tempos, migrar, e minha ligação com o Brasil é, afinal de contas, proporcional a ter deixado o judaísmo para trás. E os que ficaram por lá, os que permaneceram na União Soviética, hoje sabemos, tinham o Holocausto à sua espera, e aos poucos que daí ainda restaram, aguardava a perseguição de Stálin.

Minha vida confortável de judia na América do Sul do século XXI não carrega marca alguma dessa época. Ou talvez carregue, talvez carregue o silêncio. E também certo medo da fome, anacrônico, mas impregnado, algo que se transmite pelas gerações por entre as palavras, no que se cala, no que não é dito jamais. Na mesa dos almoços de Shabat que aconteceram por anos na casa da minha mãe, a presença de (contávamos) seis ou sete tipos de carboidratos talvez reflita a memória de uma tentativa de abundância na falta de proteínas; não consigo interpretar de outra forma a existência dos varenikes, os deliciosos varenikes que minha avó materna fazia na minha infância, a massa recheada de batata, um carboidrato recheado de outro, sem justificativa nutricional alguma que não a impossibilidade de obter um recheio proteico. É a necessidade de cada lugar em determinada época, afinal de contas, que se transforma ao longo do tempo em iguaria; é a privação que faz inventar o prato típico.

O medo da fome anterior à sua existência talvez justifique também o fato de que Gabi não consiga jogar comida alguma fora. As coisas acabam estragando na sua geladeira e mesmo assim minha irmã tem dificuldade de se livrar delas. Eu costumava achar graça desse comportamento, e do fato de que ela é incapaz de pegar um voo sem guardar para depois o que foi oferecido no avião, de voltar de uma festa sem levar doces na bolsa, de inclusive no hospital, nos tempos de tratamento do nosso pai, ela armazenar as bolachinhas, sobremesas, frutas e até os talheres descartáveis que não foram consumidos ou usados, como se um tempo de necessidade a esperasse ali na frente, como se não houvesse diferença entre passado e futuro.

Dia 1

Entrego meus documentos à atendente de pele clara e cabelos castanhos e ondulados e aguardo que ela preencha algumas fichas à mão. Ao fundo, na parede, distingo uma Nossa Senhora e um Jesus Cristo. Num movimento automático, olho para fora dos vidros do guichê de aluguel de carros em Iaşi: Jorge corre pela calçada enquanto Eder diz em um tom firme, um pouco abaixo do grito, para que ele não se afaste. Jorge parece ser incapaz de andar, toda a sua locomoção se dá com saltos, rodopios, trotes e disparadas, como se houvesse dentro dele um excesso de energia domado apenas diante de uma tela qualquer ou durante o sono. Benjamim está encostado no vidro sem sequer notar o afastamento do irmão, olhando ao redor, pensando sabe-se lá no quê. Ele sempre teve um mundo próprio, sempre se bastou, talvez porque, quando pequeno, passasse bastante tempo sozinho enquanto eu, recém-separada do pai dele, me ocupava do trabalho, do mestrado em que ingressei quando ele tinha menos de dois anos e de organizar nossa vida. Compreendo de repente, observando seus gestos, sua postura relaxada, mas com marcas de alguma timidez pronta para ser empunhada, que esse nosso desvio de rota, essa viagem dentro da viagem, essa busca da cidade dos nossos ancestrais pode ter sido um alívio para ele, emprestando um objetivo outro para estarmos todos ali.

Meu devaneio é interrompido pela voz da atendente que me estende os documentos, o cartão de crédito e as chaves do carro, pronto para nós no estacionamento a duas casas do guichê. Junto meu passaporte ao dos meninos, que guardei na minha bolsa quando arrumamos a bagunça e tiramos tudo do apartamento das fotos no corredor.

Fiquei em dúvida se eram fotos que pertenciam à história da dona da casa ou meros objetos de decoração. Nenhum rosto se repetia, nenhum cenário, em uma delas uma mulher jovem e branca segurava um cachorro em uma coleira, em outra um homem negro e sua gargalhada interrompida, em outra duas casas em uma montanha, quatro outras com rostos de pessoas mais velhas, enrugadas, os olhos claros, translúcidos, que miravam a câmera sem sorrir. Formavam um conjunto estranho, penso agora.

Seguimos até o carro, acomodamos nossas malas, calculamos o tempo de viagem, segundo o GPS, até Chişinău, nosso primeiro destino, pensando já na fome das crianças. Duas horas e meia de carro, não é longe, mas até lá o horário de almoço dos meninos já os terá transformado em feras, então decidimos parar e comer pelo caminho. Já não era necessário visto de entrada para a Moldova, mas descobri, pesquisando na internet na noite anterior, que para a Ucrânia, por uma feliz coincidência, há poucos meses o visto deixou de ser obrigatório.

Pegamos algum trânsito para sair do centro arborizado de Iaşi até chegar à estrada. Eder dirige enquanto me conta, alternando a mirada para o caminho com alguns desvios para mim, que encontrou uma brochura em inglês ontem no apartamento e descobriu, lendo-a, que não se sabe muito bem o que aconteceu na Romênia entre os anos 200 e 1200, mas que depois houve toda uma série de guerras, massacres e redefinições de território que fazem do país, hoje, uma mistura de povos dássio, romano e eslavo. Dássio?, eu indago. Brochura de onde, algum museu? Como se tivesse antecipado minha pergunta e se preparado para responder, ele me explica, no tom que deve usar com seus alunos, que a Dácia era o nome que os romanos davam à antiga região ao norte dos Bálcãs, correspondente ao que hoje é Romênia, Moldova, partes da Bulgária, Hungria, Montenegro, Sérvia, Polônia e Ucrânia. Fico impressionada mais uma vez com sua memória.

Estamos agora na estrada. Olho os meninos sentados no banco de trás, cada um sustenta a vista para fora da sua janela. Faço o mesmo. Imagino os campos dourados de girassóis de *Uma vida iluminada* que estamos prestes a percorrer, imagino que estamos em um filme, em uma realidade inventada, percorrendo o caminho inverso ao que um século atrás meus avós percorreram ainda bebês, levados pelos seus pais, meus bisavós, fugindo da fome, fugindo do antissemitismo, fugindo da falta de perspectiva, de não poder estudar ou rezar ou meramente existir.

Eles provavelmente foram por terra até o porto de Hamburgo e, de lá, embarcaram no navio para Santos. Era assim que a maioria dos judeus da Europa Oriental fazia seu percurso rumo às Américas, era assim que eles "faziam a América". Meus bisavós Pascoal e Ida carregavam suas filhas Sonia e Feyga, que viria a se chamar Fani, que viria, cinquenta e seis anos depois, a ser minha avó paterna. A avó engraçada que guardava tudo dentro do sutiã, que não aguentava ver uma loja em liquidação sem comprar nada mesmo que não fosse usar, que ligava na minha casa, quando só havia telefone fixo, perguntando se eu estava namorando e desligava na minha cara quando eu respondia que não, ou dizia que tinha alguém para me apresentar, um judeu rico filho de sei lá quem que estava solteiro, como se os enlaces conjugais ainda acontecessem arranjados — como havia sido o dela, no final do século XX — para uma garota judia não ortodoxa. Mas no navio, em 1926, a

Feyga que viraria Fani era um bebê de mais ou menos um ano e adoeceu, o que deixou sua mãe Ida desesperada, pois ela sabia que, se algo acontecesse à filha, jogariam seu corpo no mar, pois era assim que as coisas se passavam naquelas viagens.

Isso Ida contou em algum momento da vida para alguém; isso escapou ao silêncio, como também o fato de que um irmão seu, Burach, que virou Bernardo, veio junto no mesmo navio; como também o fato de que outro irmão foi morto na porta de casa a cacetadas, assim nesses termos chegou a mim; como também o fato de que sua irmã Elisa ficou em Shargorod. Retalhos de histórias, pequenos vislumbres, lampejos que escaparam das bocas sempre fechadas para determinados assuntos.

Quando passei a me interessar por essas histórias da minha família, acabei me deparando com um livro de capa amarela chamado *Numa clara manhã de abril*, escrito nos anos 1940, em plena Segunda Guerra Mundial, por Marcos Iolovitch. Marcos foi um imigrante judeu que fez, na mesma época da minha família, talvez alguns anos antes, um caminho parecido, das aldeias russas ao Brasil. Os Iolovitch se instalaram no Sul, inicialmente na fazenda Quatro Irmãos, em Boa Vista do Erechim, como fez também o pai da minha mãe, se não me engano, atrás do sonho despertado por um prospecto, um folheto ilustrado e inverossímil que era distribuído prometendo aos judeus as terras férteis da JCA, a Jewish Colonization Association, para se cultivar no continente longínquo. Gostei da leitura, gostei de acessar os detalhes com que Iolovitch descreveu a saída da sua família de uma das aldeias, de carroça, e a despedida de quem ficou para trás. Além de pormenores sobre o enjoo no navio, sobre os dias de viagem daquelas famílias judias amontoadas na última classe, me chamou a atenção a cena de um jogo, durante a travessia do oceano, uma brincadeira qualquer para que passassem o tempo. Algo simples:

uma pessoa se postava com o rosto voltado para a parede e os outros ficavam à sua volta, em semicírculo; a pessoa de costas tinha de adivinhar quem batia na sua mão, espalmada sobre as nádegas. Foi o detalhe do jogo que me levou para perto daquelas pessoas, que me fez vê-las existindo. O livro é catalogado como um romance, mas não deixa de ser um documento; às vezes é por meio da ficção que nos apropriamos da realidade, afinal. As pessoas mortas, antigas, mesmo que tenham existido, têm algo de inacessível; é só quando as transformamos de certa forma em personagens que elas podem se apresentar ao futuro na sua verdade.

Mesmo que eu não tenha podido evitar imaginar a cena do meu bisavô com o prospecto da JCA nas mãos, como uma memória intergeracional transplantada, a vinda dos avós e da mãe do meu pai ao Brasil não se deveu a ele. Pascoal tinha um irmão que já vivia no Brasil com duas filhas. Era assim que a migração muitas vezes acontecia: os que vieram antes se responsabilizavam perante o Estado pelos que chegavam depois; o Brasil e os Estados Unidos aceitavam a entrada de imigrantes, contanto que não precisassem sustentá-los. Brasil, Estados Unidos, Canadá, México, Argentina: por aí se espalharam os judeus vindos do Pale. Da Bessarábia, região que hoje corresponde à Moldova, a maioria dos judeus se instalou em São Paulo, para onde viera antes Mauricio Klabin, que ergueu um império do papel, enriqueceu e foi o responsável pela instituição do primeiro cemitério judaico de São Paulo, o Cemitério Israelita da Vila Mariana. Lá estão enterrados Lasar Segall, genro de Klabin, e David Kopenhagen, em cuja lápide se identifica o logotipo da marca de chocolates que existe até hoje, fundada em 1928, três anos depois da sua chegada com a esposa, a partir de uma receita de marzipã; lá estão enterrados muitos outros judeus cujos sobrenomes conheço de algum lugar e por serem também os sobrenomes de muitos dos meus amigos, netos e bisnetos dos que vieram no começo do século passado.

Vislumbro da estrada um pequeno cemitério à minha direita, as cruzes dispostas nas lápides, depois do qual se estende um vilarejo que já ameaça virar cidade. A coincidência não me surpreende: cada lugar tem seu cemitério, e ainda que entre seus muros estejam os restos do passado, sua existência aponta para o futuro. A questão de onde enterrar seus mortos, de ter um lugar próprio para isso, tem muita relação com o pertencimento a uma determinada terra. Um cemitério específico era a demarcação da intenção de ficar, e isso desde os tempos bíblicos: a gruta comprada por Abraão com o objetivo de ali instituir o mausoléu da sua família marca a passagem dos antigos hebreus do nomadismo para o sedentarismo.

Os cemitérios, vou percebendo agora, são valiosas fontes de informação histórica. Instalados por questões sanitárias inicialmente nos limites dos municípios, nos arredores das vilas, os cemitérios são também um mapa temporal da evolução de um território, delineando, se situados no meio de uma cidade, quais foram uma vez seus limites. Além disso, as lápides de cada pessoa que chegou ao Brasil, informando a data e o local de nascimento e de morte, ilustram uma pequena parte do movimento migratório que nos constitui enquanto nação miscigenada.

Mas nem sempre existiram cemitérios. Em outros tempos da humanidade, as pessoas já foram enterradas em túmulos isolados, para um único indivíduo ou uma única família, ou em sarcófagos, ou mesmo em pirâmides, no Egito, ou em grutas. Mas já havia, do Egito à Mesopotâmia, o temor da morte sem sepultamento. Há diversas passagens na Bíblia que se referem a isso como um castigo: o de ter o corpo morto devorado por animais, ao relento, sob os olhos do mundo.

Tudo isso descobri lendo um livro chamado *Os primeiros judeus de São Paulo: Uma breve história contada através do Cemitério*

Israelita da Vila Mariana, de Paulo Valadares, Guilherme Faiguenboim e Niels Andreas. Um livro azul, com a foto de um rosto recortada em formato oval na capa, o rosto de uma mulher que está enterrada lá, a foto provavelmente figurando na lápide, quando isso ainda era permitido aos judeus brasileiros. A proibição de fotos nas lápides se deve a um rabino chamado David Valt, considerado por algum tempo guardião, no Brasil, da Chevra Kadisha, a instituição judaica mundial responsável por cuidar dos assuntos da morte, ele próprio vindo da Lituânia em 1937, ou seja, também do Pale. Segundo o livro, não há nada específico nas leis judaicas que proíba a imagem dos mortos nas suas lápides; essas fotografias não significariam um culto herege à imagem, mas assim foi decidido pelo rabino em 1954 e assim continua sendo por aqui.

O livro azul ficava na mesa de centro da sala na casa do meu pai, no Conjunto Nacional, ao lado de livros de fotografia e de arte. Jamais tive interesse em abri-lo; eu o achava algo mórbido, mas antes disso simplesmente desinteressante. Lembro-me, numa das tardes de almoço de domingo, quando nos dispersávamos da mesa e exercíamos nossa preguiça de barriga cheia pela casa, de ver de relance Eder folhear o livro azul e conversar sobre ele com meu pai, aquele interesse do Eder pelo judaísmo que sempre foi bem maior que o meu. Foi ele, aliás, quem escolheu o nome em hebraico do Jorge para a cerimônia de Brit milá, ou circuncisão, pela qual passaram meus dois filhos. Meu pai precisou convencer a mim e ao meu primeiro marido a fazê-la quando Benjamim nasceu: deu argumentos de um infectologista, disse que a transmissão de HIV era menor em pessoas circuncidadas, e que seria muito mais fácil e menos traumático fazê-la nos primeiros dias de vida do que mais tarde, em um centro cirúrgico em caso, por exemplo, de fimose. Certamente havia um fundo religioso, uma vontade de manter a tradição judaica na vida do primeiro neto por trás da explicação do meu pai. Assim como, inversamente, por trás de muitos dos preceitos religiosos há algum conhecimento científico. Nunca segui nem pretendo seguir as regras da kashrut, que regulam a alimentação dos judeus ortodoxos, mas meus olhos se arregalaram quando, na faculdade de medicina, em uma aula de hematologia, aprendi que o cálcio diminui a absorção do ferro; que a regra de não misturar carne com leite, de não misturar, segundo prega a religião, a carne da mãe com o alimento do filho, tinha, afinal de contas, uma oculta justificativa nutricional.

Se pudesse voltar ao momento em que vi meu pai e Eder conversarem sobre o livro azul que ficava em cima da mesinha da sala, eu me aproximaria, perguntaria onde e por que meu pai o comprara, perguntaria tudo que ele sabe acerca da história da nossa família, sobre a vinda dos nossos ancestrais, sobre nossa origem. Mas não me aproximei, e provavelmente continuei fazendo outra coisa, vendo TV, cuidando do Jorge ou mexendo no celular. Sempre achamos que haverá tempo suficiente para as perguntas mais importantes.

A presença do livro azul na casa do meu pai, em um lugar de destaque, assim como a das fotos dos nossos ancestrais, que ficavam na parede logo ao lado da porta de entrada, significam que ele sim se interessava por nossa origem e pela história da nossa família. Percebo agora a importância desse conhecimento para o futuro, como se saber de onde se veio fosse divisar o sentido de um caminho, o ponto que instituísse um direcionamento, como se a posse da história prévia de cada um proporcionasse uma segurança a partir da qual fosse mais fácil abrir veredas ante o desconhecimento inato do futuro.

O que até há pouco me parecia uma obsessão infundada dos judeus pela própria origem agora parece começar a fazer sentido. Quando fiz, por mera curiosidade, um teste de DNA que me mostrou que sou 86,5% judia ashkenazi, 6,5% escandinava e 6,5% báltica, cheguei a sentir certa vergonha, tão inadmissível quanto meu orgulho por ser judia, talvez simplesmente o outro lado da mesma moeda. Eu esperava que houvesse uma mistura maior, alguma surpresa, algo nos meus genes que justificasse meus gostos e preferências, minha completa assimilação ao Brasil. A vergonha pelos meus genes tão específicos combina com o constrangimento que me tomava quando alguma tia-avó vinha, ao longo da minha infância, reivindicar, apertando minhas bochechas, seu parentesco comigo. Ou com a incompreensão ao ver o afinco dos judeus que fazem parte de um grupo de Facebook chamado Jewish of Bessarabia em retraçar a rota dos seus ancestrais, mandar fotos, perguntar por parentes. Ou com a irritação pelos e-mails que me chegam toda semana, depois que fiz o tal do teste genético, informando que tenho novas ligações, novos primos distantes ao redor do mundo que também rasparam com o cotonete a parede interna da bochecha, também coletaram suas células, também as submeteram ao laboratório que agora pode traçar o mapa de DNA mundial dos judeus que foram se aspergindo pelos continentes a partir do Pale nas últimas décadas dos anos 1800 e nas primeiras dos 1900. O que poderia acontecer se eu entrasse em contato com uma das pessoas que o laboratório dizia serem meus parentes? O que aconteceria se eu os encontrasse um dia, uma noite qualquer? Eu não conseguia imaginar nada além de um jantar em que o assunto não tardaria em faltar, já que mais nada tínhamos em comum, ou pior, imaginava que meus parentes fossem velhos com visões políticas opostas às minhas, reacionários, cuja vida desinteressante e oca fazia com que sua maior ocupação fosse encontrar parentes espalhados por aí.

Entregamos nossos passaportes em um guichê parecido com os dos pedágios das estradas brasileiras e seguimos para uma ponte sustentada por enormes estruturas metálicas que passa sobre o Prut, o rio que separa a Romênia da Moldova. O sono tranquilo dos meninos no banco de trás contrasta com o ar ameaçador que provavelmente todo agente alfandegário tem. A paisagem logo depois da ponte é árida, acinzentada, mas em seguida passo a avistar montanhas baixas e esverdeadas, campos de tabaco e cereais; ao longe, à direita, avisto o que parece ser uma vinícola. Chegamos, então, ao início da área que já correspondeu ao Pale; estamos na região que era conhecida como Bessarábia, de onde veio boa parte dos imigrantes judeus que se instalaram em São Paulo, conforme descobri no livro azul sobre o Cemitério Israelita da Vila Mariana. Nute Tabacow foi dos primeiros judeus a chegar em território paulista, não se sabe exatamente como, se vindo da Argentina ou se direto do porto de Santos a São Paulo, onde ganhou dinheiro e então foi trazendo ao longo das primeiras décadas do século XX os parentes da Bessarábia, que foram trazendo outros, e outros, e outros.

O grande movimento migratório dos judeus do Pale ou Território de Assentamento, dos quais fizeram parte os Tabacow, os Klabin e, dentre muitos outros judeus, meus bisavós, trazendo no colo meus avós ainda bebês, se iniciou em 1882, com a intensificação das restrições aos judeus, se manteve até o início da Primeira Guerra Mundial, quando o trânsito interterritorial era proibido e ainda mais perigoso, continuou com o fim da guerra e se encerrou em abril de 1940, com a ocupação da Bessarábia pela União Soviética e depois com a invasão alemã em 1941. Tudo isso está no livro de capa azul.

Algumas semanas depois da morte do meu pai, quando estávamos retirando as coisas da sua casa, separando as roupas, os utensílios de cozinha que Martha não tinha levado para sua casa nova e encaixotando os livros, Gabi, Eder e eu dividíamos o que seria encaminhado para doação e o que ficaria com a gente; então subdividíamos essas coisas em caixas menores, que depois seriam direcionadas para a casa de cada um, nosso nome escrito a caneta azul no papelão.

Fiquei com diversos livros; livros que meu pai leu, outros que nunca chegou a abrir e que me interessavam. Assimilei-os à minha biblioteca e, com o passar do tempo, lembro-me cada vez menos quais eram dele. Junto dos livros, a memória dele vai se incorporando à minha vida, vai se juntando às minhas próprias memórias, como se o passado dele e o meu fossem uma coisa só.

Os primeiros judeus de São Paulo: Uma breve história contada através do Cemitério Israelita da Vila Mariana estava na caixa de livros separados para doação quando Eder o segurou e me perguntou se podíamos levá-lo para nossa casa. Claro, eu disse, sem perguntar o que o levaria a se interessar por um livro que, até onde eu sabia, era uma coleção de verbetes de inscrições tumulares de um cemitério.

Jamais suspeitaria que depois eu mesma leria todo o texto com avidez, desde a introdução até os apêndices. Que me surpreenderia com o fato de o avô de um dos autores, Guilherme Faiguenboim, ter vindo para o Brasil em 1913 de Shargorod. Que a frase "Nasceu em Shargorod, perto de Vinnytsia, que fica na Podólia, região da Ucrânia, que na época fazia parte da Rússia", escrita sobre o avô dele, cabe também à minha avó. Que a leitura do livro azul me faz entender que até hoje, depois da sua morte, meu pai me ajuda a escrever sua história.

Paramos para almoçar em um restaurante à beira da estrada. Depois do pórtico que imita um castelo, chegamos a uma construção que alterna paredes brancas com estruturas de madeira onde há um jardim cortado por pedras e por um pequeno riacho.

Antes que pudéssemos dizer qualquer coisa, Jorge corre para a miniatura de ponte que atravessa o riacho. Seguimos para a entrada do restaurante, e Jorge, ao se perceber sozinho, vem atrás de nós. Uma loja com garrafas, compotas e as réplicas em gesso de dois cogumelos e uma raposa nos recebem depois da porta. Dirigimo-nos ao que parece ser o salão das refeições, no começo do qual vemos uma raposa e um coelho empalhados, no que pretende ser um abraço, no que pretendem ser seus sorrisos, no que pretendem ser boas-vindas.

A atendente que nos recebe é uma mulher corpulenta, loira, os cabelos presos, de uniforme. Parece ter por volta de cinquenta anos. Tem a pele clara, o rosto anguloso, a expressão firme, ressaltada por olhos azuis que nos fitam sem curiosidade. Tento falar inglês, ela não compreende. Tento me comunicar através de gestos, queremos comer, ela responde em moldavo e nos aponta uma mesa no salão grande e vazio.

Sentamo-nos. Continuo observando a mulher quando ela volta com cardápios em romeno que tentamos desvendar. Sempre há alguma palavra que escapa da incompreensão. A mulher permanece encostada na mesa, os braços cruzados, até que anota o pedido que, enfim, conseguimos fazer. Eu imaginava, percebo agora, que, estando aqui, na região que um dia foi a Bessarábia, poderia passar por nativa, com minha pele branca, minhas sardas, meu rosto redondo de mandíbulas e malares pronunciados e meus olhos claros. Mas não sinto que ninguém se pareça comigo mais que outras pessoas brancas com quem convivo no Brasil. Até esse momento da viagem, não me deparei com ninguém que possa minimamente reconhecer como familiar, o que atesta a ingenuidade da minha expectativa e algum desconhecimento histórico. Afinal de contas, depois do movimento migratório massivo, vieram ainda o Holocausto e o antissemitismo do regime de Stálin, que mataram metade dos judeus que ainda restavam por aqui.

Benjamim está contando, enfim, os detalhes da prova eliminatória das olimpíadas de matemática quando a mulher vem da cozinha segurando com as duas mãos uma bandeja. Ela deposita diante de cada um de nós um prato com uma maçaroca amarela, a mămăligă, um bolo cremoso de milho que se come por aqui.

Chişinău ou Kishinev, a capital da Moldova, é uma cidade relativamente grande, bem arborizada, com monumentos e construções portentosos e sombrios, resquícios do tempo em que o país pertenceu à União Soviética. Dentre os edifícios, o que mais chama a atenção de quem chega são dois imensos paredões constituídos de prédios residenciais, cada um de um lado da Bulevardul Dacia, conhecidos como os portões da cidade.

Estacionamos o carro no primeiro hotel que encontramos, um estabelecimento simples e genérico próximo ao centro. Temos quase a tarde toda pela frente, o plano é sair amanhã cedo para seguir viagem em direção ao norte, rumo a Briceni e depois a Shargorod, que se situam respectivamente a noroeste e nordeste de Chişinău, parando em alguma cidade pelo caminho, que decidiremos qual será à noite, depois que as crianças dormirem.

Agora, ocupar a tarde. Os meninos zapeiam os canais de televisão do quarto enquanto procuro na internet o que podemos fazer, o que não será muito longe, o que interessaria às crianças. Resmungo para que abaixem o volume da TV, som que sempre me irrita não importa em que língua. Aliás, podem desligar, já vamos sair, eu digo aos dois, que fingem não ter ouvido e fazem um muxoxo quando levanto, agarro o controle remoto e desligo o aparelho eu mesma.

Benjamim começou recentemente a se interessar por museus, aos quais é dificílimo de ir com Jorge, pois ele sempre quer tocar em tudo e correr pelos corredores. Digo-lhes que vamos ao palácio do Aladim, Jorge se anima, Benja me olha desconfiado. É um monastério, explico, vocês vão ver, e saímos a pé, para o calor da tarde, para o movimento da cidade em um dia comum, ainda que caminhar com Jorge signifique demorar sempre o dobro do tempo para chegar, pois ele avança e se detém para observar detalhes em igual proporção. De fato, até Benjamim concorda que Ciuflea, ao qual chegamos depois de atravessar uma praça, com suas paredes azuis e abóbadas douradas, parece o palácio do Aladim.

Tomamos um lanche em um café no caminho de volta ao hotel. Ainda está claro quando decidimos terminar o dia em Cricova, a cidade subterrânea de vinhos, a vinte minutos de carro da capital, com suas labirínticas passagens cujas paredes se assemelham a colmeias, cada favo correspondendo a uma garrafa de vinho. Todos ficamos impressionados, os meninos por se sentirem mesmo dentro de uma cidade de abelhas, e Eder e eu por ficarmos sabendo pelo guia, em inglês macarrônico, que ali mesmo muitos judeus foram escondidos em barris durante a Segunda Guerra Mundial.

Dia 2

Tomamos nosso café da manhã sem pressa. Aqui em Kishinev há um cemitério judeu, me diz Eder ao pousar a xícara na mesa. Benjamim escuta e não se manifesta, Jorge está andando pelo pequeno salão que ocupamos sem outros hóspedes. Você sabe onde é?, pergunto.

Ele sabia. Decidimos passar por lá antes de seguir viagem.

Chegamos a um monumento denominado "Aos cidadãos soviéticos pacíficos", Eder descobre traduzindo com o Google. É uma escultura instalada literalmente em cima de túmulos que não puderam ser removidos a tempo. Com o fim da Segunda Guerra, para cumprir o intuito de transformar aquela parte do cemitério em parque, os soviéticos deram apenas alguns dias durante o inverno para que os familiares mudassem os caixões de lugar. A maioria dos descendentes dos mortos nem sequer morava mais no país, e mesmo que morassem: desenterrar alguém e achar outro lugar para enterrar não é um procedimento tão simples. A solução foi, como em outras partes do Pale, ignorar os mortos, passar por cima deles.

Ao lado, avistamos o cemitério. Caminhamos sobre túmulos cobertos pelo mato alto; Jorge não para de coçar as picadas de inseto. Não há sinal de manutenção, e uma cerca precária, mas nitidamente recente, delimita o campo-santo. Olho em volta: provavelmente as ruas, prédios e shoppings aqui do entorno foram erguidos sobre caixões.

Esmagada entre um muro e uma das casas construída em cima do cemitério judaico há uma sinagoga em ruínas. Uma placa difícil de decifrar nos informa que ali se realizavam, até a Segunda Guerra, os rituais funerários. As paredes e portões do templo preservam as marcas de tiros e explosões com que os nazistas mataram os judeus que tentavam se esconder.

Partimos em silêncio. Nosso próximo destino — decidimos ontem — será Soroca, rumo ao norte, cidade cigana à qual aportou a família Lispector depois de atravessar o rio Dniester, onde finalmente se sentiram acolhidos e seguros em casas com luz e comida. De lá, seguiram para Kishinev, hoje Chişinău; possivelmente o mesmo trajeto que fizeram meus bisavós, o caminho contrário que fazemos agora, de carro, nós quatro, inventando brincadeiras para fazer passar mais rápido as duas horas de estrada, para nos afastar da visão dos tiros na parede da sinagoga em ruínas. As crianças ajudam, cuidar delas é sempre o melhor jeito de se distanciar de qualquer imagem da morte. Estou dirigindo, proponho "Qual é a música?", alguém escolhe uma palavra e os outros precisam adivinhar de que música ela vem, mas, ao contrário de como era na minha infância, ou pelo menos diferente da memória da minha infância, segundo a qual meus irmãos, minha mãe e eu passávamos horas inteiras brincando disso com meu pai ao volante a caminho de qualquer lugar, o jogo não dura muito, nosso repertório comum é pequeno, talvez porque os meninos escutem as próprias músicas nos fones de ouvido, a maior parte delas em inglês; talvez porque as crianças também tenham permanecido com as imagens da morte na retina.

Emendamos em "O que é, o que é", mas logo a brincadeira se dispersa, os meninos atentos às suas janelas, o silêncio na estrada. Assim que entramos na cidade, olho para o banco de trás — Jorge dorme: a cabecinha apoiada na porta do carro, desajeitada, a boca aberta.

Do alto do forte medieval, temos uma bela vista para o rio Dniester, do outro lado dele se localiza a Ucrânia.

Soroca é uma cidade peculiar, feita de palácios, construções desproporcionalmente monumentais para o tamanho das suas ruas e para seus simples habitantes. São réplicas de grandes obras arquitetônicas que existem mundo afora, construídas com dinheiro cigano enviado aos parentes que ficaram por aqui, alguns dos quais vemos lavando a roupa ou olhando, ao fumar um cigarro, pelas imensas janelas de um pequeno grande Capitólio ou de um grande pequeno Bolshoi.

Faz um calor insuportável, é difícil convencer os meninos a continuar subindo o morro em direção ao centro, eu me sinto mole, também sem forças para exigir força deles. Paramos em um pequeno bar para comprar água, os meninos querem se sentar, Jorge choraminga, me sento com ele no colo e sopro seu pescocinho suado.

Eder se afasta um pouco pela calçada, devagar; estou olhando na sua direção sem pensar em nada. Ele de repente se volta e aponta para o próprio ouvido. Tento escutar, um som, uma música; vamos atrás da música, Jorge; nos levantamos, Eder o ajeita sobre os ombros e seguimos devagar, dizendo que há uma banda nos esperando lá em cima.

Não poderíamos estar dizendo verdade maior. Quando alcançamos o topo da ladeira que a recepcionista do hotel nos indicou no mapa que subíssemos, há não só uma banda, mas também o que nos parecem atores, vestidos com panos coloridos, ora dançando e cantando, ora encenando uma peça que somos incapazes de compreender. A música me lembra muito a que costumamos dançar em casamentos judaicos e bar mitzvás, a música klezmer.

Estamos em uma praça, ou talvez um parque, com alamedas e árvores em cujas sombras rapidamente nos protegemos, e a trupe ocupa o centro de um gramado, bem debaixo do sol. Pouca gente assiste, apenas uma família que também parece ser estrangeira, formada por um casal e três filhos que miram hipnotizados o espetáculo, um casal vestido de maneira não muito diferente dos participantes da peça e um velho de aparência frágil que bate palmas e sorri; os atores parecem encenar mais para eles mesmos, há músicos tocando percussão e instrumentos de sopro, e não aparentam desconforto com o calor. Ainda assim, sinto-me chegando no meio de algo já começado; sinto-me, de certa forma, interrompendo-os na sua apresentação.

A imagem da última vez que fui ao teatro com meu pai me vem instantaneamente à cabeça, como em um déjà-vu. Meu pai mesmo havia comprado os ingressos com bastante antecedência, e no intervalo entre a aquisição e o dia do espetáculo, o linfoma havia voltado, como se a peça fosse alguma ponte, uma comunicação entre a esperança de uma vida comum e sua impossibilidade ou sua negação, entre a continuidade e o fim da vida.

Até o momento em que saímos da sua casa para o Teatro Oficina, havia dúvidas se conseguiríamos ir. Seríamos apenas meu pai, Eder e eu; Martha não havia se interessado em assistir à peça *Roda viva* dirigida e encenada por Zé Celso, e sua recusa só atesta a certeza que tinha de que meu pai estava de fato curado. Ela nem sequer hesitaria em ir se soubesse que seria a última vez.

No dia da peça, meu pai ainda estava internado: foi quando descobrimos que o tumor tinha voltado, a massa na região lombar, e todos, inclusive os médicos, achavam que seria outra coisa, até sair o resultado da biópsia; todos exceto meu pai, que já sabia, que já nos dizia, que sentia no seu corpo combalido. Ele voltou da sua última viagem, de Búzios, e foi direto para a UTI. Não havia, a partir de então, mais possibilidade de cura. Ele iria morrer, só não sabíamos quando. Bem, isto é uma verdade geral demais: ele iria provavelmente morrer por conta do linfoma, só não sabíamos quanto tempo ainda teríamos com ele.

A alta do hospital foi dada nesse dia para que ele conseguisse assistir à peça. Conferimos o horário de abertura do teatro, mas calculamos mal, entendemos errado, e aquele horário era na verdade o do início da peça, à qual chegamos atrasados. Qualquer pessoa que chegasse depois teria de ficar nos andares superiores, de acesso pelas escadas laterais do Oficina; mas meu pai estava usando um andador, não conseguia se sustentar sozinho em pé, muito menos subir as escadas. A pessoa gentil e compreensiva da porta entendeu a situação e nos deixou entrar no meio do espetáculo. Literalmente: Eder, eu e meu pai com seu andador descemos a rampa do oficina atrás dos atores vestidos de anjos pretos, no meio da cena, invadindo-a enquanto eles cantavam e dançavam, e éramos encaminhados por alguém a assentos inventados no vão entre as duas arquibancadas.

Ali, o tempo se abriu. A peça, as canções, meu pai que cantava, eu que cantaria; enquanto eu puder cantar, alguém vai ter de me ouvir, enquanto eu puder sorrir, sorrio então agora, neste país desconhecido que vou descobrindo um pouco ser meu, uma junção de momentos, o transcorrer das horas no Oficina, o sorriso que meu pai ostentava, como se não fosse morrer, ou como se fosse.

A trupe nos direciona para a rua ao lado do parque, assim como aquela atriz de seios nus e cabelos pretos e curtos apontava com as mãos a direção para que meu pai a seguisse, para que a seguíssemos todos e nos juntássemos aos atores e ao

Zé Celso, que cantavam juntos até a rua, onde a cantoria continuou, até que se desvaneceu, até que pegamos um táxi, o andador do meu pai no porta-malas, e o levamos de volta a sua casa, para nunca mais voltar ao teatro.

Dia 3

Algo de uma pessoa permanece em um lugar? O lugar em que se viveu, o lugar em que se nasceu é capaz de guardar marcas, indícios, vestígios? O lugar do qual se saiu, que antes havia sido o lugar onde transcorria a vida, onde se caminhou, sorriu, comeu, comemorou, chorou, onde se rezou, de onde se decidiu, enfim, sair? Ficam para sempre em um lugar os ecos de quem já esteve lá?

As ruas de Briceni, onde nasceu meu avô, me fazem essas perguntas.

Logo na entrada da cidade, nos deparamos com a estátua de Lênin, nome cuja grafia em russo já sabemos, a essa altura, distinguir. Seguimos as placas para o centro. As construções aqui também têm muito da arquitetura soviética, as linhas retas, as cores sóbrias, tentativa de simplicidade cuja farsa se deixa entregar pelo tamanho grandioso, como em outras cidades pelas quais passamos.

Não tardamos em chegar à praça central. Estacionamos o carro e decidimos caminhar pela cidade, que está mais para um vilarejo. Na praça há uma feira, as barracas de tendas de lona branca dispostas de um lado e, do outro, uma pista de skate, e por cima de tudo o som alto e estridente de uma música eletrônica, que Jorge começa imediatamente a dançar. Uma estranha combinação de elementos, as construções antigas no entorno da praça, a igreja, os prédios dos tempos da União Soviética e essa música e a pista de skate, tempos que convivem sem se misturar.

Sei que foi nesta cidade que Jacob, o pai do meu pai, nasceu, mas não tenho a mais vaga ideia se aqui nasceram também seus pais, e não há nada de interessante para se fazer na cidade.

É frustrante perceber que não sinto quase nada, além de uma irritação sutil com o barulho da música eletrônica. Será porque não conheci meu avô, que morreu de cirrose quando meu pai tinha dezoito ou dezenove anos?

Benjamim e Jorge se entretêm com a pista de skate. Percorro as barracas da feira, sem atentar muito para o que vejo. Paro em uma delas, diante de cinzeiros e revistas expostos lado a lado. Pergunto à mulher que a guarda se há aqui algum museu. Preciso repetir três vezes para que ela me entenda: não, não há museus aqui, mas a prefeitura tem algumas informações sobre a cidade, entendo com bastante esforço.

Deixo Eder com os meninos na praça e caminho até onde a mulher me indicou ser a prefeitura. É tudo muito perto. Quantos anos meu avô tinha quando saiu daqui? Já caminhava ou seria também um bebê como minha avó? Teria percorrido essas ruas a pé ou só no colo da minha bisavó? Essas dúvidas realmente me atravessam ou estou me esforçando para aguçar minha própria curiosidade?

É um alívio me afastar da música, escutar o silêncio, os ecos que ele traz. As ruas são pequenas, arborizadas, vazias. Alguns minutos mais de caminhada por uma praça e leio Primăria na fachada do edifício que, segundo as indicações da mulher, é a prefeitura.

Ali dentro, também é difícil me fazer entender. Tento dizer que meu avô nasceu na cidade, provavelmente mais gente da minha família, mas é só quando digo a palavra *jew* que uma mulher aponta para uma sala à esquerda. Certamente não sou a primeira descendente de antiquíssimos moradores que vem parar aqui em busca de informações, e me sinto de certa forma uma farsa, pois minha visita não foi planejada, mas apenas um desvio de rota. Não há ninguém na sala, volto o rosto para a mulher que ainda está me olhando e, pelo seu gesto com a mão, interpreto que devo esperar lá dentro. Pouco depois surge um senhor calvo de calça e camisa social que, em um inglês com forte sotaque, mas bastante compreensível, me convida a sentar. Pergunto sobre os judeus que viveram em Briceni e ele retira uma caixa de um armário e me entrega um panfleto assinado por uma tal de Associação pela Memória Judaica. Explica que a cidade não teria dinheiro para aquilo, foi gente dos Estados Unidos que imprimiu.

Passo os olhos pelo papel verde e laranja, que apresenta a evolução do número de judeus ao longo do tempo. A contagem se inicia em 1817, quando Briceni era um arraial e havia cento e trinta e sete famílias judias, provavelmente alguma delas formada pelos meus tataravós. Em 1850, Briceni era uma das maiores comunidades judaicas da Bessarábia. A próxima data é 1897, quando 96,5% da população era judia, o que me impressiona, assim como os detalhes que o panfleto especifica: o número de artesãos, o de famílias que cultivavam e produziam tabaco, o de trabalhadores diaristas, seus salários. Não tenho a menor ideia de que atividade poderia ser o ofício e a fonte de renda desses que deram origem à minha família. Ou já seriam minha família, mesmo tão distantes no tempo? O número de judeus ia decrescendo década a década; meu avô seria um dos que se subtraiu nos anos 1920, migrando para o Brasil. Em 1940, durante a guerra, a contagem estranhamente cresceu para dez mil, ainda que, segundo o folheto, a informação seja imprecisa. Briceni teria virado um gueto e recebido judeus de outras cidades da região? Em julho de 1941, o folheto segue, a passagem de tropas romenas e alemãs dizimou os judeus. No dia 28, todos que restavam foram enviados para cruzar o rio Dniester e muitos foram assassinados pelo caminho. Quando chegaram em Mohyliv-Podilskyi, os alemães selecionaram os mais velhos e forçaram os mais novos a cavarem suas covas. Levanto os olhos para o senhor, que está entretido com outros papéis. Continuo lendo que os judeus foram então direcionados para Otaci, depois para Secureni-Târg, nomes desconhecidos de lugares próximos de onde estou, em cuja rota mais centenas deles morreram. Os que restaram permaneceram em um gueto por um mês e foram deportados para a Transnítria no fim de 1941. Todos os judeus jovens foram mortos em uma floresta perto de Soroca, a cidade pela qual tínhamos passado.

Eu já sabia que se meus bisavós não tivessem migrado, não teriam sobrevivido e eu não existiria, mas nunca a verdade daquilo havia ficado tão nítida.

Depois da guerra, cerca de mil judeus voltaram à cidade, mas no censo de 2004 havia apenas cinquenta e dois no total. O antissemitismo soviético sob Stálin era implacável, isso eu sabia; ainda que me alinhe à esquerda, não tenho como não me perguntar como tantos judeus eram e continuam se dizendo comunistas. Meu pai dentre eles. No censo de 2014, o número de judeus: N/A, *not applicable*. Será que a pergunta não foi feita, ou será que não havia, na cidade onde nasceu meu avô, nem mais um único judeu?

Encontro novamente os meninos na praça. Eder diz que estou abatida, Benjamim também percebe. Precisamos de um restaurante, entramos no primeiro que encontramos; por sorte, havia wi-fi. Enquanto comemos ovos, salsichas e pães, consultamos o mapa até Shargorod, na Ucrânia, o principal destino do nosso desvio de rota pela procura das cidades dos meus ancestrais. Já não tenho expectativa de nenhum arrebatamento, nenhuma grande descoberta, mas decidimos seguir os planos, mesmo que eles tenham sido de última hora, meio mambembes. Talvez a grande descoberta desta viagem, penso entre uma mordida e outra no pão, tenha sido, afinal de contas, a da minha dificuldade de conectar família e História, fruto, provavelmente, da minha curiosidade tardia, fadada a jamais ser suficientemente saciada, como se dela fizesse parte uma verdade não só inadmissível, mas sobretudo inacessível.

Brincando com os meninos, na estrada, de medir as distâncias, calculo no mapa do celular que entre Briceni e Shargorod há cento e vinte e quatro quilômetros, cidades tão próximas uma da outra, a do nascimento respectivamente da minha avó e do meu avô, e eles no entanto só foram se conhecer no Brasil. Sei que o primeiro destino da minha avó foi Porto Feliz, no interior de São Paulo, depois de chegarem a Santos, virem para a capital do estado pela Estação da Luz e ficarem alguns dias em um quartinho na rua Prates, no Bom Retiro. Sei que os pais do meu avô se estabeleceram em São Caetano, onde ele cresceu, continuou vivendo e teve seus filhos, pois foi em São Caetano do Sul que nasceu meu pai. Sei que minha avó Fani se casou com uns vinte ou vinte e um anos; sei que foi apresentada ao meu avô Jacob, um casamento arranjado, diferente daquele entre Ida e Peyssia, por incrível que pareça, que se apaixonaram sabe-se lá como se ela morava em Shargorod e ele em outro vilarejo. Calculo nos mapas a distância entre Porto Feliz e São Caetano do Sul, centro e trinta quilômetros, quase a mesma, uma coincidência bonita que não quer dizer absolutamente nada.

Sei que a avó do meu pai morreu no desabamento de um cinema em São Caetano; percebo agora que não sei sequer seu nome.

Chegamos a Shargorod depois de atravessar mais uma fronteira, mais um rio, agora de balsa, o Dniester, que separa a

Moldova da Ucrânia, nessas terras em que rios dividem países, como se fosse afinal de contas a natureza que definisse as fronteiras quando os seres humanos não são capazes de o fazer.

Algo no meu peito aperta quando avistamos o portal da cidade, o ar parece não conseguir encher completamente minha caixa torácica. A sensação não é prazerosa em si, mas me causa prazer o fato de senti-la. O arrebatamento. É isso, então. É assim.

Evito as perguntas que me saltam ao pensamento, por que aqui e não lá? Qual o significado disso? Quero esse nó no peito, procurei por ele desde o começo do nosso desvio de rota.

Seguro a mão do Eder, que a tira do volante e aperta a minha. O portal da cidade diz que ela foi fundada em 1583.

Não é difícil achar o único hotel. Os cinco carros estacionados no seu entorno já são um prenúncio da notícia de que não há quartos para nós. Alguém está se casando e o minúsculo estabelecimento, proporcional ao tamanho da cidade, está lotado.

Estamos cansados, a ideia de dormir em outra cidade cai muito mal, só de olhar a cara do Eder entendo que para ele também. As crianças reclamam. O nó se transforma em frustração, como se a cidade onde nasceu minha avó não tivesse o direito de me decepcionar. O atendente do hotel pede que esperemos e faz uma ligação de um telefone fixo. Não conseguimos entender uma palavra, eu olho o dia cair lá fora desconcertada. O homem nos explica, segurando ainda o telefone no meio da chamada, que há uma pousada na cidade, e que podemos ficar lá. Aceitamos na hora.

A pousada era a casa de alguém que não falava uma única palavra em inglês, Oxana, uma mulher baixa, gorda, de cabelos pretos, o rosto leve. Nosso quarto era uma cama de casal, com lençóis visivelmente usados, e um colchão no chão. Jorge adora a ideia de dormir conosco, dividindo a mesma cama, algo que quase nunca acontece desde que ele nasceu.

Na sala, uma mesa de jantar e algumas cadeiras. Resolvemos pernoitar por lá, e nosso cansaço nos faz decidir sair e comprar algo para comer ali mesmo. Há um mercado próximo, pequeno, mas bem abastecido, e me vejo comprando caviar, patês, frios de todos os tipos que havia, vodca, uma quantidade razoável de pão. Voltamos rápido, convidamos Oxana para comer conosco, ligamos a música do celular, e de repente era uma festa. A festa possível. Os meninos comem ávidos, Jorge dança música judaica no chão da sala como se fosse funk. As ovas, a última comida que meu pai comeu, as iguarias que Gabi trouxe para o hospital e comemos depois, ao longo dos dias, agora dispostas todas em cima da mesa, concentradas, é isso uma comemoração, um concentrado de prazeres, comemorar, construir junto de outras pessoas um nó que consegue amarrar o tempo, uma pedra que ancora seu fluxo por um instante, convergência de todos os antes e todos os depois.

Quando acordamos, uma mulher nos espera na sala, a professora de inglês da cidade, Ina Averbuch, também líder da comunidade judaica de Shargorod, hoje composta de vinte e três pessoas. Ina soube não sei como da nossa presença na cidade, talvez pelo atendente do hotel em que não ficamos, talvez por Oxana, e veio nos auxiliar com um roteiro pronto para nós, provavelmente o mesmo para cada visitante que chega ali em busca da sua origem.

Não hesitamos em segui-la. Ela nos leva da pousada direto para a catedral católica da cidade. Estranho, mas ela logo diz: "sou judia, mas sinto apenas amor neste lugar", e explica que os sucessivos adversários comuns de judeus e católicos na cidade estimularam uma rara colaboração entre eles ao longo dos séculos, por isso a igreja sobreviveu a tantas mudanças de regime. Ina não sabe exatamente quando ela foi construída, mas conhece a história de Shargorod, que foi fundada por Jan

Zamoyski, um polonês nobre e muito rico. Ela nos conta que, encerradas as perseguições inquisitórias da Idade Média, a comunidade judaica começou a se expandir na Europa, e alguns países passaram a dar incentivos para que os judeus ocupassem territórios de baixa densidade populacional e ajudassem, assim, a garantir as novas fronteiras e a formar cidades.

Jorge está impaciente, eu o puxo para perto, explico que a moça que ele não entende está contando a história da cidade, a cidade onde nasceu a mãe do vovô Tutu. Ele olha para ela e se aquieta um pouco. Pelo menos pelos próximos minutos, funcionou.

Ina continua contando os meandros da fundação da cidade pelo nobre polonês em 1585 e fala sobre sua administração amigável, que permitiu a expansão da comunidade judaica até que chegasse a ser a maior aglomeração de judeus de toda a região da Podólia, onde eles podiam viver de maneira confortável e dentro da religiosidade.

Jorge está de novo impaciente, carrego-o no colo. Benjamim escuta, atento. Ina segue contando que os judeus tinham hábitos de religião conservadores e rigorosos, mas suas condições favoráveis em Shargorod os situaram em uma espécie de classe média, a meio caminho entre a nobreza e os aldeões, que se sentiam explorados pelo trabalho exaustivo e mal remunerado. Não consegui ouvir uma parte da explicação porque estava tirando da bolsa o celular e o entregando ao Jorge. Que jogue e me deixe escutar. Os aldeões então começaram a se mudar para comunidades cossacas na beira do Dnieper, o maior rio do país e o quarto maior da Europa. O rio que atravessamos para chegar aqui, o mesmo rio. Foram esses cossacos, soldados que viviam a oeste da Ucrânia, que começaram os pogroms. Seu pior levante, conhecido como Khmelnytsky, dizimou a população judaica da região em 1648, no auge da sua prosperidade.

Depois, veio a dominação turca, entre 1672 e 1699. Shargorod chegou a ser chamada de "Pequena Istambul". Os turcos reconstruíram a cidade e fizeram da sinagoga uma mesquita, mas as autoridades do Império Otomano preferiam os judeus aos poloneses e ucranianos, e os que haviam conseguido sobreviver aos ataques cossacos resistiram também a esse período. Na virada para o século XVIII, já de novo sob domínio russo, a comunidade voltou a se multiplicar até ser de novo o grosso da população de Shargorod. Escuto Ina e sinto que seu relato é um passado distante demais, ainda não consigo imaginar que as pessoas das quais ela fala já carregavam algo dos meus genes.

Um censo feito por volta de 1760 por um rabino contou dois mil duzentos e dezenove judeus, bastante para aquela época e para um lugar tão pequeno. A vida, mais uma vez, voltava ao normal. O hassidismo nascia a duzentos quilômetros dali; seu fundador, Baal Shem Tov, vinha com frequência de Okopy para disseminar os ensinamentos sobre a corrente mística da religião. Já ouvi falar de tudo isso, mas sempre muito vagamente, uma vaguidão que agora se condensa em algum lugar no meu peito, como se aquilo pela primeira vez me dissesse respeito.

A partir dos anos 1890, os meninos de Shargorod tinham uma escola judaica para frequentar, aprender hebraico e russo, a religião, a Torá e outras matérias. O pai da minha avó deve ter estudado aí, penso, meu bisavô Peyssia. Uma nova geração era preparada para desenvolver ainda mais a comunidade de Shargorod. A economia ia bem. Cerca de cinco mil judeus moravam na cidade. Eram proprietários de quatro farmácias, quase dez depósitos, quatro hospedarias, fábricas, uma tipografia. Já consigo imaginar a vida dos meus familiares ali na cidade, o local onde estamos.

Quando eclodiram a Primeira Guerra e a Revolução Russa, estar em Shargorod era uma vantagem. As dificuldades enfrentadas em toda a região eram atenuadas pelos judeus ricos da cidadela, que enviavam auxílio aos seus patrícios no entorno. Mas os obstáculos iam aumentando. Eu volto o olhar para Jorge, que segue alheio a nós, vidrado no celular, direcionando, com seu pequeno indicador, um personagem atrás de moedas pelos trilhos de um trem.

Ina continua, incansável. Benjamim começa a dar mostras de distração, mudando de posição algumas vezes. Eder segue concentrado. Em 1919, a cidade foi palco de mais um pogrom. Em 3 de setembro, cem judeus foram mortos. Eu me pergunto se meu tio-avô, que foi morto a cacetadas na porta de casa, não é um deles. A fome e a falta de perspectiva forçavam os judeus a fugir, ainda que os riscos da empreitada fossem altos. Muitos morriam de fome ao se esconder nos arredores montanhosos da cidade. A vida em Shargorod se tornava mais e mais opressora conforme as tropas soviéticas se aproximavam do vale de Vinnytsia.

Em 1920, três anos depois da Revolução Russa, Shargorod, distante mil e duzentos quilômetros de Moscou, foi tomada pelos soviéticos. Eu me esforço para imaginar aquelas pessoas das fotos que havia na casa do meu pai vivendo tudo isso. Eram eles, a História acontecendo na vida deles, determinando o destino da minha família. Dos pais da minha avó, do meu pai. O meu. Em 1923, oitenta por cento da população de duas mil quatrocentas e cinquenta pessoas eram judeus. Eles se organizaram em um conselho, depois em cooperativas de trabalho agrícola. Os meninos e homens da região iam para a lavoura. Meus parentes. Mas a União Soviética fechava o cerco a cada dia. Os judeus escutavam o que acontecia nas cidades maiores.

Nessa época é que foram embora meus bisavós com minha avó ainda bebê, pensei quando Ina terminou a longa explicação dentro da igreja em que só estávamos nós.

É mais fácil de entender agora a cooperação entre judeus e católicos, aqueles emprestando dinheiro sem cobrar taxas, estes ajudando a manter a sinagoga. Ina nos desafia a decifrar que elemento judaico havia lá dentro. Olhamos em volta, olhamos para cima. Ela então revela que os bancos da antiga sinagoga principal com estrelas de Davi foram salvos da guerra e abrigados naquele santuário.

Sinto de repente uma mão no meu ombro direito. Tenho certeza de que é Eder, mas quando viro o rosto não vejo ninguém, Eder está a metros de mim. Pode ter sido só uma impressão, deve ter sido só uma impressão, mas não consigo segurar as lágrimas.

Saímos tontos da igreja, meio cambaleantes, até Jorge, que vem para o meu colo de novo. Benjamim se aproxima e eu o envolvo em um abraço de corpo inteiro.

Caminhamos em direção à rua onde os judeus moravam antes da guerra. Algumas casas foram reformadas, outras ficaram intocadas só porque os novos proprietários não tiveram dinheiro para melhorá-las. São barracos caindo aos pedaços, de madeira velha e gasta, quase se desfazendo. Uma das mais antigas e maiores está abandonada; Ina a nomeia como uma amostra da "arquitetura" típica de Shargorod no final do século XIX, a Shargorod da minha bisavó, da minha avó. Eu me aproximo, da rua consigo ver uma sala ampla, envidraçada. Faço menção de entrar, Ina percebe e me desaconselha: a casa corre o risco de desabar, e há animais vivendo lá dentro.

A rua de terra batida parece estagnada no tempo, me dá a sensação de ter voltado ao século passado. Às vezes, passa um idoso ou uma criança silenciosos e pobres. As colinas verdes limitam o horizonte demarcado pelo céu azul, claro e límpido. Seguimos caminhando em silêncio.

Chegamos a um mercado de rua, mas não como as feiras livres que conheço do Brasil. Mulheres com lenços na cabeça, sentadas em banquinhos, cuidam da sua mercadoria. Leite e peixe espalhados em baldes, pães distribuídos em panos pelo chão. As pessoas nos olham com curiosidade, somos estranhos, vindos de outro lugar, talvez de outro tempo.

Seguimos em direção à sinagoga, a que foi erguida em 1589, sem paredes internas por conta do frio no inverno, para que as pessoas pudessem ficar juntas no mesmo ambiente e assim se esquentar. Depois de ter sido usada por judeus, turcos e comunistas, encontramos apenas ruínas. No batente da porta azul, a marca branca diagonal da mezuzá, pequeno rolo de pergaminho que identifica as casas judaicas, surge como uma prova de que aquilo tudo é verdade. Consigo espiar o interior, escuro e abandonado, cheio de entulhos e bichos.

Ina conta que mora na casa vizinha à sinagoga sozinha com cinco cachorros. O gás chegou às casas de Shargorod há pouco mais de dez anos, e ela diz com certo orgulho que já foi beneficiada, dando a entender que outras pessoas não foram. Uma cidade europeia ainda não completamente abastecida de gás em pleno século XXI.

Já é hora do almoço. Ina nos leva para almoçar em um restaurante, que é aberto especialmente para nós. O banheiro é um buraco no chão, as mesas são cobertas com toalha de plástico e não há talheres para todo mundo. Sentamo-nos e fazemos um pedido com a ajuda de Ina. Os meninos já passaram do horário da fome, mas estão estranhamente calmos. A cozinheira, Olea, nos serve salada de repolho com pepino e dill, varenikes de batata e queijo e sopa com varenike de porco. Tudo saboroso e bem-feito.

Mastigando um pedaço de varenike, me dou conta com espanto de que o que considerávamos pratos típicos judaicos na verdade eram pratos típicos da Bessarábia. De todas as coisas que comíamos na casa da minha avó, tirando a matzá e o gefilte fish, todo o resto continua sendo a base da alimentação comum da população da região.

Ina não faz menção de ir embora, mas agradeço, sentada no restaurante, que ela tenha chegado até nós. Ela sorri, encabulada, e nos pergunta se queremos ir ao cemitério judaico mais antigo da cidade, onde figuras importantes do hassidismo estão enterradas dentro de uma construção e as demais pessoas do lado de fora. Ela diz que precisamos ir de carro. Aceitamos no mesmo instante. Pagamos a conta em dinheiro, caminhamos até o carro, eu me sento no banco de trás com os meninos e ela vai no da frente com Eder.

Só uma pequena parte do cemitério segue preservada, a maioria está debaixo de casas e estradas. "Estamos pisando em túmulos", ela alerta. Já conhecemos a sensação. Dirigimos depois ao cemitério mais novo, onde os mortos do século XX estão enterrados. O mato está alto. Ninguém faz menção de sair do carro. Estamos cansados.

Nos despedimos de Ina e voltamos para a rua principal de Shargorod. Permanecemos em silêncio, Eder, Benjamim, até Jorge, e eu, e entendemos todos que é hora de partir.

Carrego o mapa no celular e o nome de uma cidade vizinha me chama a atenção. Pergunto a Eder se ele também já havia ouvido falar de Dzhuryn, e ele, dando ré, diz que não. Fico com esse nome na cabeça, mesmo que tente deixá-lo de lado e pensar em outra coisa, como se meu cérebro, no pano de fundo dos meus movimentos automáticos, estivesse se esforçando irremediavelmente por restabelecer conexões perdidas. Tento sintonizar o rádio, que nos oferece apenas um chiado; as crianças gostam de escutar as rádios locais, com seu sotaque incomum para elas, suas canções alegres e incompreensíveis. Entre uma paisagem e outra, minha cabeça segue tentando: em um livro? Algum paciente? Alguém da minha família já mencionou Dzhuryn?

Digito a palavra na busca do WhatsApp, e voilà: "o shtetl do zeide Peisse" aparece na busca — *zeide* é a palavra em iídiche para avô. Há alguns meses, minha tia-avó Dina, irmã da

Fani, nascida já no Brasil, que tem noventa e quatro anos e está completamente lúcida, mandou no grupo da família um link enviado, por sua vez, por um primo de Israel. Link que eu nem sequer havia me dignado abrir, o que faço assim que conseguimos a internet de um posto de gasolina na estrada.

Um *shtetl*, venho a saber, era uma cidadezinha, uma aldeia organizada em torno de um mercado, onde viviam os judeus do Leste Europeu até a Segunda Guerra Mundial. Eram movimentados, vivos, dinâmicos, e se tornaram verdadeiros redutos espirituais, eternizados nas narrativas de Sholem Aleichem, nas pinturas de Marc Chagall, nas canções que foram sobrevivendo ao tempo, passadas de avós para netos, nas fotografias anônimas de ruas enlameadas e cheias de gente, animais e carroças, de crianças brincando e sorrindo, com que posso, então, povoar a imagem das ruas vazias que, a trinta minutos de carro, passamos a ter diante de nós. Foi no *shtetl* que surgiu a figura da mãe judia, essa com a qual fazemos piada até hoje e com quem me identifico de maneira inevitável, excessivamente preocupada com meus filhos que sou. Meu pai, lembro agora, quando Benjamim era um bebê, mudou o toque do celular do meu número para o som de uma sirene, brincando com o fato de que eu ligava para ele infinitas vezes por semana para requisitá-lo como o médico que poderia me acalmar diante de qualquer espirro do meu filho.

Na conversa de WhatsApp, tia Dina conta que o *zeide* falava da sua aldeia pronunciando Jerin.

Há, de fato, poucas peças no imenso e irrecuperável quebra-cabeça da história da minha família. Mas eu também fui adepta do silêncio, também me recusava a abrir os olhos para as poucas que há, penso conforme caminhamos pelas ruas do minúsculo vilarejo para depois seguirmos de carro em direção a Vinnytsia.

Vinnytsia é uma cidade comum, imensa se comparada com Shargorod e Dzhuryn, onde os meninos imploram para que comamos no McDonald's, o que acatamos, prevendo, como uma troca, o tédio que sentirão quando formos depois aos arquivos públicos da cidade. Acertamos com relação a Jorge, que nos pergunta a cada cinco minutos se já estamos indo embora; Benjamim, surpreendentemente, também se interessa pelos documentos digitalizados mas ininteligíveis, grafados em russo arcaico. Conseguimos, no entanto, obter algumas informações nos índices que nos levavam a cada documento, como se fossem placas de identificação para salas às quais, no entanto, não conseguiríamos nunca ter acesso. Pelo menos não sem a ajuda de um tradutor do russo arcaico para o inglês.

No índice dos arquivos, que consigo pesquisar pelo nome, procuro Timerman, sobrenome que minha avó Fani passou a portar depois de se casar com meu avô Jacob, mesmo sabendo que não seria lógico encontrá-lo, já que meu avô havia nascido em outra região. Porém acho Krachmalny, seu sobrenome de solteira que manteve entre Fani e Timerman, mas que meu pai já não recebeu. Ali está um documento que, pergunto a um funcionário do arquivo, corresponde à certidão de casamento dos meus bisavós, realizado no Cartório Regional do Registro Civil na cidade de Shargorod em 24 de outubro de 1925, depois do nascimento da minha avó. Se minha avó nasceu em 10 de junho de 1925 e era a segunda filha, imagino que eles tenham a princípio se casado apenas no religioso, e o casamento no civil a posteriori possivelmente já tenha tido fins migratórios, já seria um prenúncio, mais que do desejo, dos planos dos meus bisavós de partir.

Outra coisa me surpreende no documento, talvez até mais que a data do casamento: a palavra Goichman. Eu jamais, até aquele momento, soubera que esse era o sobrenome de solteira da vovó Ida, minha bisavó, aquela dos óculos de lente grossa que eu conheci bem velhinha. Todo um ramo da minha existência, todo um galho da nossa falha árvore genealógica, se abriu com a velocidade de um raio diante de mim.

Dia 4

Acordo antes dos meninos no quarto do hotel em Vinnytsia, onde na noite anterior tive dificuldade para adormecer. A respiração tranquila dos meus filhos nas camas ao lado da nossa contrastava com o turbilhão de imagens na minha cabeça. Como eu gostaria de poder conversar com meu pai a respeito de tudo que descobri, mas que é tão pouco, como gostaria de conversar com ele sobre esta viagem, que no entanto provavelmente só me decidi a seguir, a mudar a rota de Iaşi para cá, porque ele não está mais vivo, como se a morte oferecesse, além da ausência, um peso diferente, uma verdade outra a cada coisa. Como gostaria de poder pedir a ajuda dele para preencher as lacunas do quebra-cabeça da história da nossa família, em que cada peça encontrada parece reconfigurar todas as outras.

Minha inquietação aumentou quando, lá pela uma da manhã, me levantei para ir ao banheiro e me dei conta de que estava sem aliança. Procurei o anel pelo quarto com a lanterna do celular, revirei a cama, me esforçando para não acordar o Eder, olhei palmo a palmo do chão e nada. Haveria caído em outro lugar, em algum momento qualquer do dia? Teria ficado para trás?

Eder e eu nunca nos casamos, mas quando soubemos que o linfoma do meu pai havia voltado, quando ele começou a receber os cuidados paliativos, nos pusemos a inventar celebrações. Casar seria a principal delas, uma festa da qual meu pai participaria, e decidimos então ficar noivos também para que as comemorações fossem duas e para que tivéssemos tempo de inventar e organizar um casamento. Numa sexta à tarde saímos atrás das alianças, a vendedora nos perguntou para quando precisaríamos, para hoje, respondemos, pois haveria um almoço de aniversário para mim na casa do meu pai no próximo domingo e nosso noivado improvisado seria lá, então escolhemos a que servia nos nossos dedos sem precisar de ajustes, era esse o critério. Só soubemos no próprio domingo que o almoço estava confirmado, porque tudo dependia de como meu pai estivesse, se ele estaria com dor, ou disposto, apto a que fôssemos nós e poucos amigos na sua casa.

Meu pai ficou quase o tempo todo sentado no sofá, mas estava feliz enquanto o almoço acontecia ao seu redor, uma festa, em que dançamos e tudo, e na hora dos parabéns ele foi bem devagar até a mesa e se sentou. Eu também estava feliz, não pensava na sua morte, não pensava em nada além de estar ali. Temos muitas fotos desse dia, a última comemoração de que meu pai participou, ainda que não soubéssemos disso, não sabíamos que ele morreria menos de um mês depois, não tínhamos como saber que vinte e dois dias depois ele deixaria de estar entre nós. Eu sorrio em todas as fotos e lembro-me de que estranhei o choro de duas amigas no meio da festa, era uma alegria tão triste para quem visse de fora, mas que alegria não é afinal também triste, já carregando no bojo seu fim. O Eder me pediu em casamento e todo mundo riu quando Martha perguntou a Jorge, então um bebê, se ele deixava que a gente se casasse.

Deitada ao lado do Eder no quarto escuro, alcanço o celular na mesa de cabeceira e procuro as fotos desse dia. Uma delas, em que estou ao lado do meu pai, abraçando-o, sorrindo com a boca fechada cheia de comida, acabou saindo em alguma notícia para anunciar sua morte. Vejo o vídeo dos parabéns, que Renata, uma amiga, filmou e eu salvei no meu telefone, meu pai em movimento, nós todos juntos ali. Diminuo o som quando Jorge se mexe na cama, depois desligo o celular, vou ao banheiro, me deito de novo e olho para o teto escurecido do quarto.

Continuamos usando as alianças no dedo direito, nunca chegamos a nos casar, não fazia mais sentido depois que meu pai morreu, mas agora sabe-se lá onde foi parar minha aliança. Em que cidade da Ucrânia terá ficado? Será que a perdi há mais tempo e não percebi? Teria ficado, sei lá, em Shargorod? Pego de novo o telefone. A última foto no rolo de câmera é a que tirei da certidão de casamento digitalizada dos meus avós. Amplio a imagem, procurando detalhes que não estão ali, como se aquele fosse não um documento, mas outro tipo de registro daquele dia distante.

Imagino meus avós jovens diante da minúscula mesa do pequeno cartório, provavelmente só uma casa ao lado das outras de Shargorod, aquelas casas que ainda resistem, de paredes que provavelmente só são brancas nos dias em que, ao longo dos séculos, são pintadas; fico imaginando suas filhas ainda bebês junto deles no momento em que assinaram o matrimônio, uma delas minha avó, que quase morreu no navio rumo ao Brasil. Fico imaginando de quantas quase mortes se precisa escapar no caminho do exílio, esse percurso onde morrer parece ser mais fácil que viver; quantos acasos, quantas ajudas, quantas decisões inconscientemente acertadas; quanta sorte, quantos pontos de inflexão do destino de cada uma dessas pessoas que vieram antes de mim e que, uma a uma, me possibilitaram nascer, me possibilitaram existir; eventos tantos, agora inacessíveis, dos quais jamais terei notícia alguma, apagados para sempre de qualquer possibilidade de registro.

Goichman, o sobrenome que não tive, o sobrenome de solteira da minha bisavó, mãe da minha avó. Cada mulher que se casa apagou ao longo dos séculos o nome da sua mãe. Qual seria o sobrenome de solteira da minha outra bisavó, a mãe do avô que jamais conheci?

Levanto-me da cama, me troco em silêncio, vou até o saguão do hotel munida do celular e do computador para escrever. É cedo, os meninos talvez demorem para acordar. Acomodo-me em uma poltrona, o dia se fazendo lá fora, os movimentos comuns do hotel, completamente alheios a mim. Mando uma gravação longa de voz para o grupo da família contando da viagem, falando das descobertas, perguntando se alguém sabe de mais informações.

Ainda é madrugada no Brasil, por isso me surpreendo quando tia Dina, com seus noventa e quatro anos, responde imediatamente também em uma gravação: procure na Chevra Kadisha, eles lá têm todas as informações.

Abro o computador, digito Chevra Kadisha, a associação que cuida de preparar os corpos dos judeus que morrem para serem enterrados mundo afora, a associação que cuida da morte, que cuidou também da morte do meu pai, que vai provavelmente cuidar da minha, quando chegar minha vez de morrer. Penso que precisarei mandar um e-mail, marcar um horário para pesquisar os arquivos quando voltar para o Brasil, e me surpreendo novamente quando encontro campos de busca que me dão acesso à data de morte e nome completo dos pais de cada pessoa enterrada nos cemitérios judaicos de São Paulo.

Encontro Artur Timerman, meu pai, encontro minha avó, muitos outros Timerman que já morreram, e percebo que cuidar da morte é também cuidar da memória. Não encontro Hava Timerman, que descubro ser o nome da minha bisavó vendo o registro das informações do meu avô. Idel,

Tirsa, Regina, tantos parentes de cuja existência eu jamais soube, mas não Hava, será que minha bisavó não foi enterrada em São Paulo? Será que escapou dos registros e arquivos? Passeio um pouco mais por aqueles nomes de pessoas mortas, pessoas da minha família, sentada no saguão do hotel, um pouco intrigada, frustrada, espantada por perceber que eu poderia ter acessado todas aquelas informações sem sair de casa, a inutilidade do desvio da nossa viagem pendendo no ar, frouxa, junto dos sinais das redes de internet, até que me dou conta, observando o nome de um dos prováveis irmãos do meu avô Jacob, que talvez Hava Timerman tenha sido registrada ali como Eva Zimerman. Sim, Eva e Artur Zimerman, em vez de Hava e Alter Timerman, as letras que se embaralham junto com meu passado e as veredas de acesso a ele.

Hava Timerman ou Eva Zimerman faleceu em 14 de setembro de 1942, em São Paulo, tendo saído da União Soviética antes da Segunda Guerra. O sobrenome dos seus pais, o sobrenome que se apagou quando ela se casou com meu bisavô: Schneiderman, outro tronco genealógico que de repente se abriu, com novos tios, primos distantes, parentes escondidos por trás desse nome.

Levanto os olhos do computador, digo em voz alta Schneiderman, Goichman, os sobrenomes que também são meus, escondidos no silêncio dos séculos, pulsando calados no meu sangue. Tento escutar no eco da minha própria voz os outros tantos que foram calados a cada geração, no documento e na vida de cada mulher que se casou, os ramos todos da minha árvore genealógica que jamais poderão ser desenhados. Um apagamento que agora me parece dizer tanto, um silêncio que grita tão alto, o da origem das mulheres, essas minhas ancestrais, por quem nunca tive especial interesse, mas às quais uma vez recorri.

Sim. Uma vez eu recorri a elas, a todas elas. Eu estava em trabalho de parto, em pleno trabalho de parto do Jorge, quando as invoquei, minha mãe, minhas avós, bisavós, trisavós, todas as mulheres que nos pariram antes de mim, todas as mulheres de cuja força concreta eu precisava agora.

Fecho o computador e apenas lembro, acomodada no saguão do hotel em Vinnytsia.

É tudo verdade o que dizem. A pior dor da vida, a necessidade de entrega, a força descomunal, a transformação. Mas de nada adianta verdade nenhuma, saber prévio algum, quando começam as contrações, aquela dor que rasga, da qual eu tampouco consigo, de verdade, me lembrar. É um mecanismo evolutivo, provavelmente, esse da memória, ou melhor, do esquecimento, que tinge de suportável o que não é, e por isso as mulheres podem seguir tendo filhos, por isso minha avó Fani pariu cinco, por isso os judeus ortodoxos que andam pelo bairro de Higienópolis carregam toda uma trupe de crianças cada um, as mulheres de sobrenomes apagados parindo um na sequência do outro.

Benjamim nasceu de uma cesariana, embora eu quisesse que seu parto tivesse sido normal. Uma indução que não foi adiante, um bebê que me disseram estar grande demais, e eu me resignei, e ele nasceu lindo, foi um nascimento lindo, registrado nas fotos tiradas pelo meu pai na sala de parto.

Na gravidez do Jorge, decidi que tentaria um parto natural. Lembro-me do meu desapontamento quando eu estava com quarenta semanas e um dia de gravidez e uma obstetriz veio até minha casa, avaliou as contrações, viu meu semblante sereno e concluiu, junto da constatação, ao fazer o toque, de que o colo do meu útero estava fechado, que eu não estava em trabalho de parto. “Pode acontecer hoje; pode demorar duas semanas. Não tenho como dizer.”

Não sei se o ato de me examinar estimulou as contrações ou se eu me senti desafiada, o fato é que, depois daquela mulher ir embora, comecei a sentir dor. Aliás, durante quase todo o tempo que se seguiu, por mais involuntário que o trabalho de parto seja, eu sentia que, em algum lugar, na minha maior intimidade, em alguma medida, mesmo pequena, eu era capaz de controlar o que acontecia comigo. Lá no fundo. Tão fundo que, se eu pensasse nisso, essa capacidade ia embora: era algo que acontecia apenas no corpo, e se minha cabeça tentasse entender ou interferir, essa tênue junção entre o que posso e o que não posso, entre o que faço e apenas recebo, me escaparia.

As horas seguintes foram uma nova definição de tempo, ou a ultrapassagem de qualquer possibilidade de definição. Eu gritava de tempos em tempos, urrava por não ter nada mais que pudesse fazer que aliviasse. A cada três ou quatro minutos, uma contração, encolhimento do útero e de todo o meu ser ao redor de algo que doía, e era meu ventre, mas a dor era eu inteira. Tentamos até assistir a um filme, mas depois de meia hora eu já não conseguia me concentrar em nada.

A doula chegou de madrugada, lá pela uma da manhã. A dor ultrapassava os limites do suportável, e quando ela me sugeriu que entrasse na água, a dor continuou insuportável, mas me deixou mais relaxada perante sua intensidade. Mesmo assim, era impossível não me crispar inteira, tentando fugir de sentir, a cada vez que eu era arrebentada por uma contração. E isso acontecia não só de tempos em tempos, mas a cada vez que eu me mexia. Comecei a ficar com medo de fazer qualquer movimento. Passei a madrugada na água, no chuveiro ou na banheira. Mas a água da banheira não esquentava, então Eder deu um jeito de pôr através de uma mangueira a água quente do chuveiro ali. Mas isso fazia a energia cair. Ele deve ter descido correndo as escadas para religar o quadro de luz umas vinte vezes.

E assim transcorreu a madrugada. Lá pelas cinco da manhã, eu lhe disse que fosse dormir. Ele acabou indo, um pouco a contragosto, vencido pelo próprio cansaço. Eu teria adorado poder dormir, mas a presença das contrações a cada três ou quatro minutos me acordava e dava a sensação de que não havia descanso possível.

O Eder e a doula, depois, se desculparam por terem me deixado sozinha por algum tempo durante a madrugada; pelo tom de voz dela, percebi que isso não poderia ter acontecido. Mas aqueles momentos sozinha foram importantes: primeiro, eu me vi fazendo cálculos mentais de horas de sofrimento, mas os cálculos, percebi, só aumentavam meu desespero, ainda mais porque o fator de multiplicação que eu tinha, meus centímetros de colo dilatado, era zero, segundo o toque que ela havia feito. Então percebi, à força, simplesmente porque não havia outro jeito, que o alívio deveria estar em algum lugar dentro de mim. Foi quando comecei a contar para dentro, e não para fora das contrações. As medidas eram outras; o tempo, invertido. Contração por contração, como o pulsar de um mundo que estava dentro.

Entre um e outro grito, o silêncio. E então, de olhos fechados, talvez perto de adormecer por exaustão, comecei a imaginar meio sem querer, como se fosse um sonho, que a água da banheira em que eu estava era roxa, e era uma água dilatadora de colo uterino. E respirar. Mas quando vinha a contração, por mais que eu tentasse me entregar a ela, por mais que tentasse respirar, ou não me mover, ou qualquer coisa, a única coisa que eu conseguia fazer era me contorcer e gritar. A doula já estava de novo por perto, o dia clareava. A dor, muito mais que insuportável. Pedi para ir ao hospital, porque precisava, queria, necessitava de anestesia. Eu não aguentava mais.

Começamos a nos preparar para sair, nós três, o Eder, a doula e eu — Benjamim estava com o pai e Tadeu, com a mãe —, na manhã fria, uma clara manhã de abril. Muito lentamente. A cada contração, eu precisava parar, e gritar, e me contorcia, e se pudesse correria para longe de mim, para fora da minha vida, do meu corpo, da dor. E, entre as contrações do meu útero, eu me mexia bem devagar, com medo de desencadear mais uma. Os passos pequenos. Entre eles, e entre uma e outra dor, a cabeça me ancorava na minha vida e eu dizia ao Eder para pôr a comida dos cachorros, para não esquecer o carregador do celular, para que ele cuidasse do entorno para mim. Eu precisava me perder, e não conseguia.

Chegamos, enfim, ao carro, a poucos metros da nossa casa. Infinitos metros de dor. A doula dirigia. Trânsito e meus gritos. Eu fechada em mim, encolhida, sem olhar para fora, recebendo só o toque do Eder nas minhas costas e o silêncio no carro, no mundo, quando eu gritava. E era forte. Era insuportável, e a cada contração piorava ainda mais, embora eu achasse que isso não seria mais possível. Sempre era.

Quando chegamos ao hospital, me ofereceram uma cadeira de rodas; eu recusei, precisava estar sobre minhas próprias pernas. A cada contração, eu evitava gritar, evitava que o mundo inteiro me ouvisse, mas me agachava, me diminuía, como se pudesse me fazer sumir.

Era uma véspera de feriado, e havia muitas grávidas esperando suas cesáreas tranquilamente agendadas. Eu as invejei, me senti idiota de ter me feito passar por aquele sofrimento. Eu via o susto na cara de quem me olhava, eu via na cara dessas mulheres que poderia ter sido fácil. Eu não conseguia entender, naquele momento, o que me fizera chegar até ali, e não via utilidade nenhuma naquela dor, naquele processo. Eu só sofria e queria que tudo acabasse logo. Se me perguntassem, eu aceitaria imediatamente uma cesárea que interrompesse aquele horror.

De repente, senti algo descer pelas minhas pernas. Achei que era a bolsa que tinha rompido, mas não era, era o tampão mucoso que se desprendeu. Com muito esforço, devagar, cheguei até a sala da plantonista. Uma mulher que entendeu minha dor — percebi só pelo jeito com que me olhava. Ela pôs na minha barriga os monitores para ver como estava meu bebê e fez mais um toque vaginal. Que medo eu sentia de que nada tivesse acontecido, de que não houvesse dilatação, de que a dor tivesse sido em vão. Enquanto eu escutava as batidas do coração do meu filho, ritmadas e firmes o tempo todo, ela me examinou. Seis para sete centímetros de dilatação, ela disse, tirando os dedos de dentro de mim, e já se preparando para fazer os papéis da minha internação. E eu chorei de alívio e alegria. E decidi naquele momento, sem pensar, que não queria mais anestesia — se eu aguentei até ali, aguentava até o fim. Eu tinha medo de que a anestesia desacelerasse o trabalho de parto, tinha aprendido na faculdade que isso poderia acontecer.

Daquela sala, fui, sempre com passos curtos, temendo mais uma contração — e me contorcendo quando ela vinha —, para a água. Uma banheira gigante, de água quente, e eu fiquei tão relaxada lá dentro que conseguia conversar normalmente entre uma e outra contração. Eu já me sentia de alguma maneira vitoriosa, pois o colo do meu útero tinha dilatado, algo que meu corpo fez sozinho, sem que eu soubesse como. Uma entrega — e no fundo dela, a mão que dá o poder ao que sou mas não posso controlar, minha vontade, ao mesmo tempo imprescindível e inútil. Eu nunca havia sido tão dona de mim e tão passiva — como se o grande esforço fosse justamente me doar inteira ao desconhecido, ao que tenho de mais animal e selvagem.

De tanto que mergulhei e relaxei na água, as contrações espaçaram um pouco. No começo, achei bom. Um alívio maior entre as dores, algum descanso. Depois — não sei quanto tempo, o trabalho de parto suspende as medidas cronológicas usuais, o tempo afinal é medido em contrações, o outro pulsar —, chegou minha obstetra, Betina. Outra médica que, como o dr. Felipe, ainda que trabalhando do lado oposto da vida, deixa detrás de si o rastro de paz. Betina me examinou e disse que estava tudo bem, mas que o nascimento não seria para já. O que me decepcionou, ainda tinha muito caminho pela frente, o que não combinava com aquela minha sensação de vitória. Enquanto isso, ainda, a cada vez que meu útero se comprimia, eu gritava e me contorcia. Pedia anestesia, chorava, fechava os olhos, dizia que não aguentava mais. Era verdade. Mas entre as contrações, uma estranha calma aparecia e eu decidia que aguentava. Mas cada vez menos, eu estava cansada. E, de novo, a cada vez que a dor vinha, eu queria desistir. Pare de sentir pena de você mesma, Natalia, Betina me disse. Abra os olhos. Você está onde escolheu estar.

Decidi sair da banheira para ver se o processo acelerava. Betina perguntou se podia romper a bolsa: doeria mais, porém seria mais rápido. Sim, eu só queria que aquilo terminasse logo, pelo amor de qualquer coisa. Era só o tempo que precisava passar ou faltava ainda algo de mim, algo que eu precisasse fazer, algo que eu precisasse dar? A bolsa se rompeu, eu vi a água sair com algumas manchas marrons. Mecônio, eu disse, e a doula e a obstetra me tranquilizaram. Calma, está tudo bem com o bebê — o tempo todo, ela punha o monitor para ver como estavam seus batimentos cardíacos, mas eu sabia dos riscos do mecônio e queria que meu filho nascesse logo. Como faço para que ele nasça logo?, perguntei. O que preciso fazer? Não lembro se alguém me disse alguma coisa ou se fui eu mesma que me disse: se entrega, Natalia.

Então eu chorei.

Chorei profundamente.

A dor era tanta que ela me encarava e perguntava, a cada aparição: quem é você? E a resposta estava naquele choro, anterior a mim. Foi então que as convoquei, ou que simplesmente percebi que as convocava, sem que isso fosse uma decisão. Elas, minhas antepassadas, as mulheres que me antecederam, aquelas cujo sobrenome ficou perdido no silêncio da nossa história, que faziam, no entanto, o percurso da humanidade toda até aquela gravidez. Até aquele momento. Um choro quase não humano, um grunhido feito por todo o meu corpo, como se eu inteira fosse cada contração, eu e aquele bebê, que estava dentro de mim e precisava sair. Pois parir é partir: ir embora de si mesma, e então poder chegar de novo depois de morrer; partir-se em dois, eu e o bebê. Partir, partir, partir, como se a saída da sua terra de origem, para as mulheres da minha família, para as minhas mulheres, fosse também um parto.

Depois do choro, ou antes, não sei, percebi que as contrações continuavam espaçadas. Eu as queria, apesar de temer não suportá-las; eu precisava atravessar o insuportável para que aquilo acabasse logo. Quando disse a Betina que as contrações não estavam vindo, ela olhou para mim e disse: peça ao seu corpo.

Assim fiz. Veio uma. Eu agachei, fiz muita força. Mesmo sem saber se já era hora de fazer. A dor era difícil. Mais que difícil. Uma dor sem adjetivo. Decidi voltar para a banheira. Eu de cócoras, na água, sendo segurada do lado de fora pelas mãos do Eder. Força. Força. Cadê esse bebê?, perguntei a Betina. Ela apenas me olhou, acho. Não tenho certeza de quase nada. Sei que enfiei eu mesma meus dedos dentro de mim para buscá-lo. E senti a pele enrugada, apertada, alguns cabelos da sua cabecinha. Lá no alto. Senti a cabeça dele!, disse. Betina e a doula sorriram, Eder me disse depois. Tive mais força na próxima contração. Não sei se falei alguma coisa; escutei Betina dizendo que era apenas uma sensação. O que me deixava livre para abandonar meu corpo à própria dor, ao próprio esgarçar-se, ao próprio ultrapassar de limites. Força. Minhas mulheres. Força, Natalia, força, me diziam cada uma delas. Minha mãe, minhas avós, as bisavós. Aquelas mais distantes, das quais jamais saberei o nome. Força. O significado daquilo, o verdadeiro sentido dessa palavra. Enfiei de novo a mão. Ele está descendo! Eu mesma, com minha mão, percebia que, a cada força que eu fazia, meu bebê estava mais para baixo dentro de mim. Mais perto do fora, mais perto do mundo. Eu esperava outra contração e fazia mais força, sempre ultrapassando um limite impossível. Parir é encarar e precisar do impossível que há em nós. Mancomunar-se com ele. Com o que não sou capaz, mas mesmo assim me faço capaz. Senti um ardor, que nem foi o mais difícil. O difícil era tudo, e eu esperava por aquela ardência. A cabeça dele saiu, e eu vi. Dentro da água. Acho que sorri, mas não sei. Pedi para que Betina tirasse o resto. Vamos esperar a próxima contração, ela disse. Que veio, junto com meu bebê, o rosto de pessoa, meu pequeno, de dentro de mim para dentro da água e para meus braços.

Eu consegui.

Naquele momento, ainda não entendia por que algumas mulheres decidem passar pelo trabalho de parto. É terrível. Minhas ancestrais indo embora, como fantasmas, cumprida sua tarefa de me dar as mãos.

Nós não tínhamos avisado ninguém do início do trabalho de parto, não queríamos que ficassem ansiosos ou preocupados com o andamento daquilo que é sempre imprevisível, mas meu pai parecia estar esperando do lado de fora do hospital, porque poucos minutos depois que Eder comunicou à família que Jorge havia nascido, ele entrou na sala de parto.

Jamais vou me esquecer do seu sorriso, do seu silêncio, o rosto inclinado e iluminado, segurando nos braços, sentado no sofá ao lado da maca, meu filho no colo. O olhar do meu pai para o meu filho.

Epílogo

Thais,

Quando tomamos nosso primeiro café, sentadas a uma mesa na calçada da padaria perto da sua casa, não pude deixar de pensar que há algo de curioso, inusitado, até mágico em vivermos não só na mesma cidade, mas no mesmo bairro, como se essa proximidade fosse alguma continuação, um prolongamento do fato de que seu avô e minha avó nasceram ambos no mesmo vilarejo na Ucrânia, Shargorod, e vieram para o Brasil no mesmo ano, 1926, por pouco não no mesmo navio, ainda que seu avô fosse já um moço crescido, responsável pela própria família, e minha avó ainda fosse um frágil bebê. Eles vieram antes da guerra e determinaram, assim, que possamos nos encontrar para tomar um café, que estejamos vivas, que sejamos a continuação das nossas famílias, junto dos nossos irmãos, ainda que nem você nem eu sejamos muito boas em manter, para além da nossa mera existência, para além dos nossos sobrenomes, o seu Bilenky, o meu Timerman, as tradições do judaísmo, tão assimiladas que somos.

Foi na sua voz, sua voz nesse rádio contemporâneo que são os podcasts, que escutei boa parte das notícias sobre a Guerra da Ucrânia. Era março de 2022, e eu me atualizava todos os dias não só porque o assunto me interessava, mas porque a premência da guerra determinaria se eu poderia ou não viajar para terminar de escrever este livro, uma viagem que já tinha sido cancelada uma vez, em março de 2020, por conta da pandemia do coronavírus.

A guerra estourou, eu não pude viajar, e não sabia como inventar o que eu queria ter sentido de fato, com meu corpo, nas terras dos meus ancestrais. Dos nossos: pois foi justamente no dia em que eu chegara ficcionalmente a Shargorod, o dia em que eu teria de inventar minha estada lá, que me apareceu um texto sobre sua viagem. Sua viagem a Shargorod. Eu estava em São Francisco Xavier e foi o parco sinal de internet que fez chegar até mim exatamente no instante em que eu desviava do computador, em que hesitava por não conseguir escrever, seu texto sobre essa viagem publicado na revista *piauí*.

E então você já sabe: eu te procurei, você me contou que escreveu um livro para o seu pai (enquanto eu escrevia um livro sobre o meu), você me disse que poderia mostrá-lo a mim e eu poderia usar o que quisesse ou precisasse.

Você então me enviou um arquivo por e-mail e me emprestou, com sua escrita, sua memória, como se memórias alheias pudessem preencher lacunas, como se pudessem ser transplantadas, lidas, vividas, respiradas. E eu chorei seu livro escrevendo o meu, eu conheci sua família escrevendo a minha, conheci a nossa, imaginei as outras todas, o lugar, sua viagem, os gestos dos seus irmãos, os do seu pai, que o meu nunca pôde fazer, pois ele nunca chegou a ir para a Ucrânia. Pois são suas as memórias da ida ao cemitério de Kishinev, obrigada por elas, Thais, é sua a pesquisa da história de Shargorod que, na minha ficção, coloquei na voz de Ina, sua guia pelo vilarejo; foi sua a ida ao arquivo de Vinnytsia, a ida até o Mc Donald's da cidade, foi no seu ombro que uma mão antepassada encostou, foi seu brinco, e não minha aliança, que se perdeu em um quarto de hotel. Não fui eu quem se deu conta, com espanto, de que os pratos típicos judaicos são na verdade típicos da Bessarábia, mas sua mãe. Os pratos que ainda comemos, as receitas que são passadas de geração em geração até a nossa, que não sabemos cozinhar, nós que não cozinhamos, mas escrevemos, viajamos, pensamos, parimos.

Mas Gabi, minha irmã, sabe cozinhar, e um dia pode fazer para a gente o gefilte fish cuja receita da minha avó ela aprendeu com minha mãe, antes que o Alzheimer corroesse sua memória. É preciso ser rápida, é preciso saber que o tempo de uma vida é pouco, é preciso estar pronta para escutar as pequenas chances que o passado dá de ser visto por nós do presente, o futuro do que já foi.

É um pouco assim que entendo o fato de que não pude viajar, uma pequena pista do passado, um eco do que viveram os que vieram antes de nós, porque a Rússia invadiu a Ucrânia e foi por isso que não pude conhecer as cidades onde nasceram meus avós, pelo menos não por enquanto. Logo nas primeiras notícias de guerra entendi que o movimento de imigração dos nossos bisavós continuava fazendo sentido, continua fazendo sentido até hoje, quando uma força que, numa compreensão provavelmente redutora dos fatos, me parece semelhante à que os fez migrar, e que continua me impedindo o caminho de volta, como um eco, os estrondos da violência de antes se fazendo ouvir ainda, embora os sons das palavras que quero escrever sejam outros, e embora nunca haja caminho de volta.

Agradecimentos

Para a escrita deste livro, me foram mais que úteis, estruturais, a leitura de outros: *A morte é um dia que vale a pena viver*, de Ana Cláudia Quintana Arantes, de onde tomei emprestadas as ideias do rastro de paz que um médico é capaz de deixar e de que a equipe de cuidados paliativos sempre pega uma cadeira; *Diário do luto*, de Roland Barthes, presente da Julia Bac, de onde vem a ideia de que a morte e a tristeza não são mais que banais; um folheto intitulado "Entre o *shtetl* e o gulag: vozes do judaísmo russo", de Moacyr Scliar, publicado pela Editora Shalom com apoio da Confederação Israelita do Brasil, gentilmente emprestado por Sylvio Band, que por uma feliz coincidência atravessou meu caminho durante a escrita (é desse folheto que vem a descrição do *shtetl*); *Os anos*, de Annie Ernaux, de onde vem a ideia de família; e *O arquivo das crianças perdidas*, de Valeria Luiselli.

Descobri recentemente que *zeide* Peyssia foi chazán em Odessa e quando chegou ao Brasil. Ele entoou aos enlutados de antes o mesmo Kadish que ouvi com meus irmãos. (Agradeço pela informação a Bernardo Winer, primo distante que vive em Israel.)

Agradeço à Dina Raicher, a tia Dina, por tudo que me contou na sua tão viva e lúcida voz que atravessa quase um século; à tia Lilia, por narrar sua viagem a Shargorod com tio Sérgio e me emprestar a festa que fiz com meus filhos na minha viagem ficcional; à Morgana Kretzmann, por ter me sugerido em um café no dia certo que a solução para o meu livro poderia ser uma carta; à residência literária Kaaysá, que me concedeu uma bolsa, e à Dedé Bevilaqua, pelas vistas em Boiçucanga e em São Francisco Xavier, respectivamente, diante das quais se deu a escrita de boa parte deste livro; à Giovana Madalosso, pela ponte com a Dedé e pelas leituras da vida toda; à Fabiane Secches, pela preciosa companhia na jornada; à Gabriela Aguerre e ao Alfredo Setubal, pelas leituras, pelo entusiasmo, pelos cafés; à Lilian Starobinas, pela cuidadosa checagem dos assuntos judaicos; à Luisa Tieppo, por ter chegado a tempo de cuidar tão de perto do livro e de mim; à Ana Elisa Egreja, pelas cores, pelas rendas, pelos sentidos em comum. E ao André Conti, meu editor e amigo, por ter me dito no dia certo, um dia antes de a guerra da Ucrânia eclodir, que eu não precisava viajar para escrever, que escrever poderia ser a viagem.

Grafia atualizada segundo o Acordo Ortográfico da Língua Portuguesa de 1990, que entrou em vigor no Brasil em 2009.

capa
Julia Masagão | Alles Blau
obra de capa
Ana Elisa Egreja. *Natureza morta com ovos*, 2023.
Óleo sobre tela, 30×50 cm.
reprodução da obra de capa
Felipe Berndt
preparação
Silvia Massimini Felix
revisão
Jane Pessoa
Tomoe Moroizumi

4ª reimpressão, 2024

Dados Internacionais de Catalogação na Publicação (CIP)

Timerman, Natalia (1981-)
As pequenas chances / Natalia Timerman. — 1. ed. — São Paulo : Todavia, 2023.

ISBN 978-65-5692-505-9

1. Literatura brasileira. 2. Romance. 3. Ficção contemporânea. I. Título.

CDD B869.93

Índice para catálogo sistemático:
1. Literatura brasileira : Romance B869.93

Bruna Heller — Bibliotecária — CRB 10/2348

todavia
Rua Luís Anhaia, 44
05433.020 São Paulo SP
T. 55 11 3094 0500
www.todavialivros.com.br

fonte
Register*
papel
Pólen natural 80 g/m²
impressão
Geográfica